光文社文庫

競歩王

額賀　澪

光　文　社

目次

酷《ひど》く矛盾した競技だった。
誰よりも速く、速く前へ進みたい。一番にゴールテープを切りたい。
でも、走ってはいけない。
肩で風を切って、日に焼けた細い体をくねらせるようにして、彼等は歩く。
歩く。
どこまでも、歩く。

序章　二〇一六年　夏・秋

オリンピック号泣男

浸るのとは違う。沈み込むのとも、違う。

強《し》いて言うなら、海に突き落とされたみたいなものだ。懸命に水を掻《か》いて、海面を目指してもがく。助けを求めることもできない。だって、飛び込んだのは俺《おれ》自身なのだから。

「――ねえ、忍《しのぶ》」

榛名《はるな》忍を海から引き上げたのは、亜希子《あきこ》の声だった。

「そんな苦しそうな顔で読書しないでよ」

石原《いしはら》亜希子の声は、ビー玉越しに見上げた空のような澄んだ響きをしている。聞き慣れているはずなのに、「綺麗《きれい》な声してんな」と思うときがあるくらいに。

顔を上げると、古びたステンドグラスを背景に、亜希子は呆《あき》れ顔で頬杖《ほおづえ》をついていた。

「あと、食べるか読むかどっちかにしなよ」

忍が右手に持ったスプーンを、左手に持った本を、亜希子が順番に指さす。

「もうちょっとで三章が読み終わるんだよ」

単行本のページを捲《めく》ろうとした瞬間、スプーンからビーフカレーが滑り落ちた。柔らかく煮込まれた牛肉が皿の縁に落下し、テーブルにルーが飛ぶ。

「ほら、言わんこっちゃない」

テーブルの隅に置かれていた紙ナプキンを渡され、忍は本をソファの上に置いた。テーブルを拭《ふ》き、潔《いさぎよ》くカレーを食べることにする。

「そんなに他人の本を読むのがしんどいなら、読まなきゃいいのに」

「本が売れないこのご時世に作家まで本を読まなくなったらおしまいだ」

すっかり冷めてしまったカレーを口に運びながら、忍は唸《うな》る。亜希子は自分の分のナポリタンを食べ終えてしまったらしい。彼女の手元には食後のコーヒーだけがあった。ランチタイムで賑《にぎ》わっていたはずの店内も、すっかり静かになっている。

「でもさあ、忍、あんた自分が本読んでるときの顔、鏡で見たことある？」

「亜希子がこの前盗撮した写真で見たよ」

大学のラウンジで本を読んでいた忍を盗撮した亜希子は、「見て！　この眉間《みけん》のふか～い皺《しわ》！」と楽しそうに写真を見せてきたのだ。

眉《まゆ》と眉の間に紙でも挟めそうな深い皺を作って、今にも嘔吐《おうと》しそうな顔で本を読んでいる自分の顔は、意味不明だし気色《きしょく》悪いし滑稽《こっけい》だった。あと、哀れだった。

「小説家も大変だよね。読むのが辛いのに本を読まないといけないんだから」

「本を読む時間も取れないほど忙しいわけでもないしな」

むしろ時間は有り余っている。大学での勉強を優先するとか、将来のために今は大学生活を謳歌《おうか》するとか、それらしい言い訳はいくらでもできるし、現にしている。

勉学に集中しつつキャンパスライフを楽しむには充分すぎる時間が、忍には――小説家・榛名忍にはあった。

榛名忍が作家デビューをしたのは、今からおよそ三年前。高校三年生の――二〇一三年の秋だった。正確には二〇一三年九月八日。二〇二〇年夏季オリンピックの開催都市が、東京に決まった日。

あの日、榛名忍の本が全国の書店に並んだ。

「天才高校生作家誕生」という派手な帯が巻かれたデビュー作は、「文壇《ぶんだん》にスーパー高校生現る」とニュースにも取り上げられた。テレビにも出た。新聞にも雑誌にも載った。

華々しかった。去年の夏、花火大会で亜希子と見た、盛大な打ち上げ花火みたいだった。

色とりどりの火花が舞って、消える。残ったのは、真っ暗な夜空だった。

「まずいかもなあ……そろそろ」

「まだ担当の編集から連絡来るんでしょ？　なら大丈夫じゃない？」

私にはわかんないけどさー、という顔で、彼女はコーヒーカップを空にする。店の隅にある時計を確認して、席を立った。

「ほら、行こ。このままだとデザート食べて、夕方までだべることになりそう」

レジで個別会計をすると、マスターが「今度はケーキ食べて夕方までだべって行きな」と手を振ってくれた。

この喫茶ブランカは、忍と亜希子が通う慶安《けいあん》大学から歩いて三分のところにある。同じ高校出身の亜希子に連れられて通うようになって、今はすっかり常連になってしまった。

店を出て、真っ直ぐキャンパスへ戻る。図書館の入っている建物の自動ドアをくぐると、エアコンで冷やされた空気の向こうから、テレビの音声が聞こえてきた。

ラウンジの巨大な液晶テレビに映っていたのは、地球の裏側で行われているオリンピックの中継だった。

二週間以上続いたリオ五輪も、今日を入れてあと二日だ。明日には閉会式が行われ、オリンピックの旗は東京都知事に引き渡される。

「凄《すご》いよねえ。八月に入ってから毎日、リオ五輪、リオ五輪って」

夏休み真っ直中《ただなか》だというのに、ラウンジには学生がいた。図書館もラウンジも開放されているから、涼しい場所でサークル活動や勉強をしたい学生が集まっている。

リオ五輪の放送時間はもっぱら夜から明け方にかけてだ。今の時間帯は、五輪の特集番組やハイライト放送が連日行われている。アナウンサーが現地で日本代表にインタビューしていた。メダルを首から下げた競泳選手へのインタビューが終わると、画面がハイライト映像に切り替わる。

太陽の照りつける屋外のコースを、日本代表のユニフォームを着た選手が走る。

――いや、早足で歩いている。

「ああ、昨日、競歩やってたんだね。よくわかんないよねえ、早歩きの競争なんてさ」

快晴の青空の下を歩く選手のフォームは、人間っぽくない。普通の人間の《歩く》とは根本的に何かが違う。作りものめいている。日に焼けた肌を汗が伝う。首筋や二の腕、脹《ふく》ら脛《はぎ》に白く光る筋を作る。

この人達は、長い距離を誰が一番速く走れるか競うマラソンならまだしも、どうして《歩く》ことを競おうと思ったのだろう。

競歩の日本代表は随分若い男だった。下手《へた》したら忍より年下かもしれない。入賞には届かなかったらしいが、アナウンサーから「四年後の東京オリンピックに期待です！」とエールを送られた。

「……競歩ね」

呟《つぶや》いた瞬間、背後で声がした。熱に浮かされたような、震える声だった。

振り返ると、目の前に一人の男がいた。浅黒く細い体をジャージとTシャツで包んで、茶色がかった短髪には汗が滲《にじ》んでいる。一目で運動部だとわかる風体《ふうてい》で、今にもグラウンドの土の香りがしそうだった。

その両目から涙が流れているのに気づいて、忍は息を呑《の》んだ。

男はテレビ画面を凝視していた。四年に一度のスポーツと平和の祭典を伝える番組を見つめながら、頬に涙の細い筋を作って。

静かに激しく、泣いている。

「ねえ、忍」

ほら、図書館行こう。隣にいた亜希子がそう言いかけて、背後で泣いている男に気づいて「うわっ」と声を上げた。飛び跳ねるように後退《あとずさ》って、男から距離を取る。

そこでやっと、彼の目がテレビから忍へ移った。自分以外の人間がこの世界にいるなんて思ってなかった。そんな顔で忍を見て、首を傾《かし》げる。

男が瞬《まばた》きをする。一回、二回、三回。瞬きのたびに目尻から涙があふれていく。もしかしたら、自分が泣いていることに気づいていなかったのかもしれない。怪訝《けげん》な顔をして、はっと息を止めて、慌てた様子で目元を拭《ぬぐ》った。

乱暴に手の甲で擦《こす》られて赤くなった目元を隠すことなく、男は早歩きでラウンジを出て行った。ギラギラと真夏の太陽が照りつける煉瓦《れんが》敷きの道を、グラウンドの方に向かって。

「……なんだよ」

自分と年の変わらない男が公衆の面前で泣くなんて。一体何があったら、どれだけ悲しいことや悔しいことがあったら、そうなれるのだろう。

「号泣してたな」

我慢しきれず呟いたら、隣に座っていた亜希子がすかさず頷《うなず》いた。

「ね、びっくりした」

図書館の四人掛けのテーブルを占領し、各々必要な資料を広げたものの、先ほどの《オリンピック号泣男》の話をしないわけにはいかなかった。

「あれ、どう見てもオリンピック中継見て泣いてたよな？」

「オリンピックに親でも殺されたのかな……あ、今の、小説のネタになりそうじゃない？オリンピックに恨《うら》みを持つ若者が、東京オリンピックにテロを仕掛けるサスペンスもの」

「ないよ」

「えー、そう？」

「そういうのがどれだけ鬱陶《うつとう》しいかって知ってるくせに」

「わかってるって、怒らないでよ。じょーだん、じょーだん」

忍の肩を叩《たた》き、亜希子はそのまま自分の勉強に集中し始める。医学部生である亜希子は秋から臨床科目の履修が始まり、毎週のようにテストをこなす必要があるのだという。文学部で人生のモラトリアム真っ直中にいる忍とはえらい違いだ。

「勉強しておかないと死んじゃう」と言って、亜希子は夏休み中も図書館に通っている。忍も、家で根詰《こんつ》めるより図書館の方が捗《はかど》るような気がして、こうして大学に足を運ぶ。昼は喫茶ブランカへ。大学三年の夏休みを、忍はずっとこんな具合に過ごしていた。

もしかしたら亜希子は、高校生作家として華々しくデビューしたのにすっかりスランプに陥《おちい》っている友人を可哀想に思って、こうして付き合ってくれているのかもしれない。

等間隔に並ぶ本棚をぼんやりと眺《なが》めながら、そんなことを考えた。

ノートを広げたものの、何もアイデアが出てこず、席を立つ。文学の棚に行ったらもっと焦燥感にかられる気がして、歴史とか哲学とか美術とか、新作のネタになりそうな本を開いては閉じ、また違う本を手に取る。

榛名忍のデビュー作『ノンセクト・ラジカル』は、二十万部売れた。大学四年間分の学費を印税で払ってもお釣りがきた。

二作目の『エーデルワイスが歌えない』は、それから一年後に出版された。大学一年の秋だった。デビュー作ほどではないが、売れた。他の出版社から「うちでも書いてほしい」と依頼され、嬉しくて立て続けに本を出した。

いつも通り小説を書いたのに、一冊出すたびに売上げは振るわなくなった。「パワーダウンした」「デビュー作が一番面白かった」という声が聞こえるようになった。ネットでの評判は……ここ数ヶ月は見ないようにしているから、わからない。「一発屋」とか「消えた」とか言われているかもしれない。

「冴《さ》えない顔」

たいした収穫もないままテーブル席に戻ると、亜希子にそう言われた。

「打ち合わせ当日に何も浮かんでなかったら、そりゃあ冴えない顔にもなるよ」

あれこれ考えてみたけれど、結局「これだ」と思えるようなネタは出てこなかった。

とりあえず叩き台になりそうなアイデアをノートに書き殴《なぐ》って、六時過ぎに図書館を出た。亜希子と一緒に駅まで行って、同じ電車に乗って、忍は新宿駅で先に降りた。

待ち合わせの時間まで余裕があったから、東口広場を横切って紀伊國屋《きのくにや》書店に入った。混み合う一階をあえて避け、二階の文芸書のフロアへ上がる。

エスカレーターを降りてすぐのところで、足を止めた。

ああ、来なきゃよかった。

一番目立つ棚に山積みになっていたのは、よく知る作家の本だった。どうやら昨日が発売日だったみたいだ。小さな唸り声が、口の端からこぼれてしまった。

側頭部をがりがりと掻いて、できるだけ棚を、本を——自分以外の作家が書いた小説を見ないようにしながら、階段を駆け下りて店を飛び出す。

結局、用もないのに世界堂《せかいどう》で文房具を見て回り、指定されたレストランに向かった。店の一番奥の席。歌舞伎町《かぶきちょう》のきらびやかなネオンが見渡せる席に、百地《ももち》さんはいた。

「百地さん、ご無沙汰してます」

一礼して、百地さんに促されるまま、気が進まないけれど上座に座る。

「前に打ち合わせたのは五月の連休前でしたもんね。すっかり暑くなっちゃった」

今年五十歳になるという百地さんは、忍がデビューした玉松《たままつ》書房という出版社の編集者だ。前任から引き継ぐ形でこの春から忍の担当編集になった。

初めて会ったとき、白髪《しらが》が交じった鈍色《にびいろ》の髪のせいなのか、しわがれた声のせいなのか、いつも口元が微笑《ほほえ》んでいるからなのか、物腰が柔らかく人当たりのいい人だと思った。今のところはその第一印象通りの人だ。

「榛名さん、ちょっと痩《や》せました？　夏バテ？」

百地さんが聞いてくる。ドリンクメニューを広げて、忍は乾燥した唇を指先で掻いた。

「暑いと食欲なくなるんで、夏は毎年体重落ちるんです」

「じゃあ、今日はお肉食べて帰ってください。作家さんは、体が資本だから」

言葉通り、百地さんは肉料理ばかり注文した。肉料理が売りの店だったみたいで、牛肉のいろんな部位が盛り合わせになった皿が次々と運ばれてきた。

「次の作品の構想は、いかがですか」

一際《ひときわ》大きな牛肩ロースをナイフでざくざく切り分けながら、百地さんは言う。

うーん、そうですねぇ……なんて歯切れ悪く答えながら、肉にフォークを突き刺した。

前任の担当者の頃から、かれこれ一年近く「次回作の構想」について話し合っている。

「雑談でもしながら打ち合わせしましょう」と百地さんは言うけれど、毎度毎度タダで食事をさせてもらって、次回作のネタも出せないのはまずい。

「もしないようだったら、僕の方から提案があるんですけど」

その言葉に、体のどこか——胸の奥なのか眉間なのか鼻孔《びこう》なのか、はたまた腹の底なのか……とにかく、榛名忍のどこかが、安堵《あんど》する。

「今は二〇一六年の夏。世間はリオ五輪で大盛り上がり。さて、四年後は？」

「……東京オリンピックですね」

脳裏にちらりと、自分が小説家としてデビューした日のことを思い出す。

忍が玉松書房主催の文藝松葉《ぶんげいまつば》新人賞を受賞し、デビュー作『ノンセクト・ラジカル』が刊行されたのは、二〇一三年の九月八日だった。

その日の早朝、二〇二〇年の東京オリンピック開催が決まった。ニュースというニュースが国際オリンピック委員会の総会の様子を伝え、滝川《たきがわ》クリステルがプレゼンテーションで発した「お・も・て・な・し」という言葉はその年の流行語大賞にもなった。

オリンピック開催決定に日本中が沸いたその日、『ノンセクト・ラジカル』は書店に並んだ。しかもそのストーリーは、東京オリンピックで盛り上がる日本を舞台に、お祭り騒ぎを楽しむ「多数派」に属せない中高生のひと夏を描いたものだった。「予言の書だ」とか「現代っ子の本当の青春を代弁する一冊」と言われたりした。

「榛名さんはデビュー作で東京オリンピックを書きました。実際に開催される二〇二〇年の東京オリンピックに向けて小説をじっくり書いてみる、なんていかがですか？」

いつの間にか食事の手を止めて、百地さんは忍を凝視《ぎょうし》していた。

「スポーツ小説ってことですか？　俺、得意なスポーツなんてないですけど」

中学、高校と帰宅部で、図書室に引き籠もって本ばかり読んでいた。スポーツに賭ける熱い青春なんて、忍とは対極の存在だ。

「じゃあ、リオ五輪は何を観ました？」

「テレビで話題になってるレースとか試合を、少しだけ」

言いながら、俺は作家失格なんじゃないか、と思ってしまう。自分が編集者だったら「お前、やる気あるのか」と怒鳴りつけるかもしれない。世間が楽しんでいるものを見聞きして、そこからヒントを見つけてくる努力くらいしろと。

「でも、やってみましょうか、スポーツ小説」

取り繕《つくろ》うように、誤魔化《ごまか》すように、もしくは懇願するように、そう言った。

「書いたことないですし、挑戦してみるのもアリかなって思います」

「本当ですか？　よかったあ、榛名さんが乗ってくれて」

歯を覗《のぞ》かせて笑った百地さんは、意気揚々《ようよう》とステーキを口へ運ぶ。

挑戦。この言葉を口にするのが、最近怖くなった。一月に出した『嘘の星団』という本が、増刷がかかることなく低調に終わってから、特に。

「テレビじゃオリンピックのハイライトばっかりやってますし、いろいろ見てみます」

短距離走、リレー、マラソン、競泳、柔道、体操。それらしい競技の名を口にしようとして、何故か声にならなかった。アスリートの姿がありありと浮かんで、目が焼かれそうになる。あんなきらびやかで燦々《さんさん》とした、汗と熱量の塊《かたまり》を俺は物語にできるのか。

「……競歩」

周囲の客や店員の声に掻き消されそうな声だったのに、百地さんは「はい？」と身を乗り出した。

「いや、今日、学校で競歩のニュースをちらっと見たんで」

そのあと、背後で号泣してる奴がいたんですけど……とは、言わないでおく。

「そういえば昨日でしたね。競歩の長崎龍之介《ながさきりゅうのすけ》でしょ？　もう少しで入賞だったのに。

彼、榛名さんと一歳違いとかじゃないかな？　東京体育大の学生だから」

一際分厚い肉を頬張った百地さんの口元が、機嫌良く緩む。嫌な予感がした。

「競歩なんて、いいかもしれないですね」

ほら、やっぱり。

「いや、ちょっと、マイナーすぎませんか？ マラソンならともかく、速く歩くだけの競技が小説になると思います？」

スポーツ小説の醍醐味《だいごみ》といったら、臨場感たっぷりのレースや試合シーンだ。試合終了間際の一点を争う攻防、抜きつ抜かれつでゴールを目指す選手達の息遣い。果たして競歩でそれができるのか。

「せっかくだから、競歩の選手を取材して書いてみませんか？ 榛名さん、そういうのまだやったことがないでしょ？」

あの人間っぽくない、作りものめいた不思議なフォームで走る……いや、歩く選手達の姿を思い浮かべて、忍は口をへの字にひん曲げた。

「いや、でも……」

言いかけて、代案もなしに何を言えばいいのかわからなくなる。仕方なくナイフで切り分けた肉を頬張り、咀嚼《そしゃく》しながら言葉を探した。

俺は何が書きたいのだろう。何を書けば、編集者は、出版社は、読者は喜んでくれるのだろう。俺はプロの作家だ。売上げのことだってちゃんと考えないと。もう、小説家を夢見ていた頃の自分じゃないのだから。夢は現実になって、仕事になったのだから。

何を、何を。肉を噛《か》み切りながら胸の奥で繰り返し——最終的に「競歩も一つのアイデアとして考えてみます」という、傲慢《ごうまん》で曖昧《あいまい》な返答をした。

百地さんの提案に乗ったことにすれば、上手《うま》くいかなかったとき、本が売れなかったとき、自分にのしかかる責任が軽くなるような気がしたからだ。


十時過ぎに店を出たけれど、夜の新宿はまだまだ賑やかで、明るくて、騒がしい。

「榛名さん、桐生《きりゅう》さんの新刊は読みましたか」

閉店時間を過ぎた紀伊國屋書店の前で、百地さんがそんなことを聞いてくる。頬に力を入れて、できるだけ明るい声で答えた。それ以外にどうすればいいかわからなかった。

「ああー、まだ買ってないんですよ。今日、紀伊國屋で買えばよかったな」

「うちから出た本なんで、よければお送りしましょうか？　凄くよかったですよ」

百地さんの言葉をはぐらかしながら、忍は笑った。

桐生恭詩《やすし》は、忍と同じ年に作家デビューした。しかも、一週間違いで。しかも、忍の一歳年上の「現役大学生作家」として。

デビューした出版社は違ったけれど、あの頃は桐生恭詩とセットで扱われることが多かった。文芸誌で対談もしたし、「注目の高校生&大学生作家」なんてPOP付きで二人の本が並べられているのを、書店で何度も見かけた。

でも、一ヶ月、二ヶ月、三ヶ月と経過するごとに、棚から桐生の本は消えた。

彼のデビュー作は『浪人貴族』という名前だった。今から思えば、『ノンセクト・ラジカル』よりずっと面白そうなタイトルだ。でも、売上げが振るわなかった。忍がそれを知ったのは随分後になってからだ。「高校生作家は売れたけど、大学生作家は今ひとつだったな」と出版社の人間が言い合っているのが、たまたま耳に入ってきた。

高校生作家はそこからスランプに陥り、次回作のアイデアも碌《ろく》に出せなくなっている。モラトリアム大学生の仮面を被《かぶ》って、その事実から逃げている。

デビュー作こそ低調だった大学生作家は、大学に通いながら執筆を続けた。二作目、三作目で巻き返し、人気若手作家としての道を順調に歩いている。

一体、どこで何が違ったのだろう。

「榛名さん」

黙り込んだまま新宿駅の東口まで来てしまった。立ち止まった百地さんは、近くにそびえる駅ビルを指さす。雑踏の先に「LUMINE EST」という真っ青なネオンが浮かんでいた。

「ルミネがどうしたんですか？」

「このビルはね、ルミネエスト新宿っていう名前になる前は、マイシティって名前だったんです。さらにその前は、新宿ステーションビルと呼ばれてました」

「……それが？」

「このビルの開業、昭和三十九年なんです。一九六四年、東京オリンピックの年です」

百地さんが言わんとしていることを想像しながら、ルミネエストを見上げた。

「だから何だって話ですけど、ふと、思い出したんで」

ふふっと笑って、百地さんは再び歩き始める。

ビルをしばらく見上げて、いや、正確には睨《にら》みつけて、忍は百地さんのあとに続いた。

孤独のウォーカー

グラウンドなんて大学一年の体育の授業で使って以来だ。単位を落としたわけでもないのに、大学三年の秋学期になって再びここに来ることになるとは。

十月も下旬に入り、わずかに色づき始めた銀杏《いちょう》並木を抜け、忍は思わず足を止めた。というより、自然と足が重くなってしまった。

キャンパス北側にある広大なグラウンドには陸上競技用のトラックがあり、クロスカントリーコースがその外周を囲っている。緑に囲まれ広々としたグラウンドに、ここが山《やまの》手線《てせん》の内側だということを忘れそうになる。

百地さんと「競歩小説を書こう」と話したのは、まだ夏休み中だった。オリンピックの頃。日本が萩野公介《はぎのこうすけ》や体操男子団体の金メダルに、陸上の男子4×100mリレーの銀メダルに沸いていた頃。

九月になると、百地さんは企画を本稼働させ始めた。

『競歩小説、会議に通しますね。企画書は僕の方で上手いこと作っておきますから』

『編集会議でOKが出ました。取材へもガンガン行ってよし、だそうです』

『ネタ探しに取材に行きましょうか』

そんなメールが三日ほどの間に立て続けに届いて、あれよあれよという間に忍は競歩小説を書くことになってしまった。

気は進まないけれど、断ることもできない。だって、夏から今までたっぷり時間はあったはずなのに、競歩小説以外の企画を百地さんへ提示できなかった。

『取材に行きましょうか』という百地さんのメールに、自分の大学の陸上部をちょっと眺めてくると返事をしたのが、一週間前のことだ。

芝生を切り裂くように敷かれた真っ青なトラックを、フェンス越しに見つめる。夏に太陽の光をたっぷり浴びた芝は秋になっても瑞々《みずみず》しく、トラックの人工的な青色と相まって眩《まぶ》しい。

その上を、細身の選手が三人、走っている。

足も腕も、腰回りも細い。紙のように薄いウエアを着て、眉間に皺を寄せて走る。細いけれど貧弱ではない。薄く鍛え上げられた鋼《はがね》のような体だった。

正式な取材ではないし、自分から「小説家なんだが練習を見させてくれ」なんて死んでも言いたくない。フェンス越しに練習を見ているくらい、何も言われないだろう。

なのに。

「いない……」

トラックを走る選手達は、当然ながらみんな走っている。歩いている選手の姿はない。

「ていうか、どれが競歩の選手だよ」

昨夜、慶安大陸上部のホームページで競歩選手が所属しているのを確認した。でも、あの作りものめいた不可思議なフォームで歩いている選手は見当たらない。

フェンスに鼻を押し当てるようにしてグラウンドを凝視していたら、近づいてくる足音に気づくのが遅れた。

「何してるんですか？」

自分に向けられた問いだとわかって、恐る恐る後ろを見る。紺色のジャケットを着た女の子がいた。ブラウンのボブカットを揺らし、「随分熱心に見てるから」と首を傾げる。

「もしかして、入部希望とかですか？　一般の学生は、年度初めの入部テストに受からないと入れないですよ？」

「いや、違います。ちょっと、見学してただけです」

陸上部のマネージャーかと一瞬思ったけれど、襟《えり》付きのジャケットに七分丈の細身のパンツ（なのに足下はスニーカーだ）という格好は、マネージャーには思えなかった。

「そうですか。それは失礼しました。見物にしてはもの凄く真剣な顔をしてたので」

それじゃあ、失礼します。そう一礼して、彼女は踵《きびす》を返す。しかし、忍から三歩ほど離れたところで突然立ち止まり、勢いよくこちらを振り返った。

――なんだか、とても嫌な予感がした。

「あ、思い出した！」

目を見開いて、不躾《ぶしつけ》にもこちらを指さしてくる。

「天才高校生作家、榛名忍！」

ずかずかと忍の前に戻ってきて、彼女はもう一度「天才高校生作家！」と繰り返した。

「……もう、高校生じゃないですけど」

「私、高校生の頃、榛名さんをテレビで見たことがあります。『文壇に奇跡の天才高校生現る！』って。うちの新聞にも、二年くらい前にインタビューが載りましたよね」

言いながら、彼女は背負っていたリュックサックの横ポケットから、レモンイエローの腕章を取り出して広げた。

「申し遅れました。私、慶安大学新聞部で学生記者をやってます、福本愛理《ふくもとあいり》と申します」

レモンイエローの地に刺繍《ししゅう》された「慶安大学新聞部」の名前は、よく知っている。月に一度、大学のニュースを伝える慶安新聞を発行する部だ。

そういえば、大学入学直後に忍もインタビューを受けた。文化面を担当する学生記者から連絡が来て、紙面には『天才高校生作家、慶安に入学』なんて見出しがついた。

腹が立つほど、昔のことだ。

「その天才高校生作家の榛名さんが、どうして陸上部の練習を見学してるんですか？　まさか、新作は陸上部を題材にするんですか？」

「いや、まだそんなちゃんと決まってないけど……」

《まだ》なんて言ってしまって、慌てて口を噤《つぐ》む。学生記者は聞き逃さなかった。

「取材なら、こんな遠くから見てないで中に入ればいいじゃないですか。うちの陸上部、そういうのは結構ウエルカムなんですから」

そう言うと、彼女はフェンスを引っ摑《つか》んでグラウンドに向かって声を上げた。「ちょっと待って！」という忍の声は、見事に掻き消された。

「すみませーん！　新聞部の福本ですー！　なんか、ここに作家の榛名忍さんが来ててー！　陸上部の練習を取材したいらしいんですけどー！」

近くにいたマネージャーらしき男子学生が気づき、驚いた様子で駆けてくる。

「ご安心ください。私、慶安新聞のスポーツ班にいて、陸上部の担当なんです」

誇らしげに胸を張る福本を余所《よそ》に、忍は「うわああ……」と頭を抱えた。

「え、駅伝じゃなくて競歩の取材なんですか？」

グラウンドの端を歩きながら、福本が忍の方に身を乗り出す。陸上部のマネージャーも困惑した様子で「え？」と繰り返した。

「えーと、そもそもまだ書くかどうかも決まってない段階で、試しに練習風景を眺めてみようかなって思っただけで、取材までしたいわけじゃないっていうか……」

言い訳を一枚一枚積み重ねると、福本がさらに怪訝な顔をした。

「しかも競歩なんですか？　駅伝じゃなくて？」

口を半開きにして、「さすが、天才高校生作家。目の付けどころが違う」なんて続ける。こいつはもしかして、さっきから俺を馬鹿にしているんだろうか。

「競歩の選手が見当たらなかったんで、今日はもういいかなって思ってたんですけど」

福本のことは一旦無視し、前を行くマネージャーに問いかけた。「KEIAN」と背中に書かれた瑠璃色《るりいろ》のジャージは、秋の日差しに照らされて上等な鉱物のようだった。

「いえ、いますよ。ただうちは今、競歩の選手が一人しかいないんで」

「え、でも、陸上部のホームページには三人いるって……」

「去年までは三人いたんですけど、全員卒業しちゃったんです。すみません、うちのホームページ、ほとんど更新してないんで、古い名簿のままなんだと思います」

申し訳なさそうに言うマネージャーに、「いやいや更新サボるにも程があるでしょ」という文句を呑み込む。もうすぐ十一月だというのに、部員名簿が去年のままだなんて。

「その三人が卒業したってことは、一人だけいる競歩選手ってのは一年生なんですか？」

「二年です。長距離走の選手だったんですけど、この夏から競歩に転向したんです」

そこまで言って、マネージャーがグラウンドを見回す。隅でストレッチをしていた人物に向かって手を振った。

「おーい、八千代《やちよ》ぉー！」

アキレス腱《けん》を伸ばしていた選手が顔を上げ、こっちを見る。

「なんかお前のこと取材したいって小説家さんが来てるけどー！」

ああ〜やめてくれやめてくれ！　マネージャーの口を塞《ふさ》いでやろうかと伸ばしかけた手で自分の顔を覆《おお》って、忍は溜め息をついた。

「だから、まだ書くとは決めてないんだってば……」

喉の奥から絞り出して、顔を上げる。こちらを探るような顔でやって来た八千代という男の顔を見て、息を呑んだ。

「お……」

夏の茹《う》だるような暑さを、肌を焼くような強い強い日差しを、思い出す。エアコンの冷たい風が頬を撫《な》でた気がした。あんな劇的な出会い、忘れようがない。

「オリンピック号泣男……」

八千代の目が自分を捉《とら》えた。向こうも驚いた様子で忍の顔を見つめる。気まずさに、時間が固まってしまう。互いの顔を凝視したまま、動けなくなる。

福本が、そんな忍を見る。八千代を見る。再び忍を見る。首を大きく傾げて、八千代のことを指さした。

「陸上部二年の八千代篤彦《あつひこ》先輩です」

今度は八千代の方を向き、忍を指さす。

「こちらは、元天才高校生作家の榛名忍さんです」

天才高校生作家という呼び名も嫌だけれど、《元》をつけられるのもだいぶ嫌だな。八千代から目が離せないまま、そんなことを思った。

「えー、と……」

八千代篤彦という男は、忍より背が高かった。黒い瞳が忍のことを探るように見下ろしてくる。ちょうど日差しがその長身に遮《さえぎ》られて、彼の顔に影がかかって見えた。

八千代篤彦は何も言ってこなかった。「突然でびっくりしちゃいました。取材って何ですか？」なんてフランクな反応をするつもりなど微塵《みじん》もない顔だ。

「文学部日本文学科の、榛名忍です。作家をやってます……」

一応、とつけそうになって、心臓が一度だけ大きく脈打った。自分の中にある作家としての自尊心だろうか。

「スポーツ科学部の八千代です。練習が見たいんでしたら、お好きにどうぞ」

苛立《いらだ》ちや煩《わずら》わしさが伝わってくる声色ではなかった。見たいんならどうぞ。でも、それ以上は入ってこないで。そんな風に、目の前に幕が下ろされた。

「話すの苦手なんで、インタビューとかは協力できないですけど」

それだけ言うと、八千代は忍に背を向けトラックへ走って行ってしまう。ストップウォッチを持つ男子学生に声を掛け、二、三言葉を交わす。

そして、そのまま歩き出す。腕を振り、足の裏で地べたを這《は》うように、歩く。

「すみません、八千代、結構人見知りするんで」

男子マネージャーがそんなフォローをしてくれたけど、忍は曖昧な相槌《あいづち》だけを打って、じっとトラックを見ていた。「監督には僕から伝えます」と言って、マネージャーは自分の仕事に戻っていく。

夏に見たオリンピックの映像よりゆったりとしたペースで、八千代は歩いていた。もしかしたらそういう練習なのかもしれない。

けれど、八千代がトラックをぐるりと回って忍の前を通過するのを――「駆け抜けて行く」としか表現しようがない姿を目の当《ま》たりにして、無意識に呼吸を止めた。

真っ青なトラックを、白いシューズを履《は》いた八千代の足が、蹴る。力強い何かが忍のところに伝わってくる。足の裏がむずむずと熱くなる。腕を振るたび、足が前に繰り出されるたび、体のしなる音が聞こえてきそうだった。

「榛名さん、競歩には詳しいんですか？」

　福本が聞いてくる。

「いや、全然」

「なのに小説の題材にするんですか？」

「だから、まだ書くって決めたわけじゃないから」

　八千代の背中がどんどん遠ざかる。腕が前後する。腰や肩の位置がほとんど動かない。二本隣のレーンを走っていた選手が八千代を追い越していく。彼が走る姿は、柔軟なのにエネルギーに満ちあふれている。人間も動物の一種なのだと思い知らされる。

　一方競歩のフォームは、それとは正反対に見えた。人間の自然な歩く姿とはかけ離れている。ルールでがちがちに固定されてしまった、窮屈《きゅうくつ》な姿。全身に鎖《くさり》をまとっているみたいだ。

「普通に長距離走やればいいのに」

　ぽつりと呟いたら、福本が小さく溜め息をついた。温度が感じられない、本当に呆れている溜め息だ。

「本当に知らないんですね」

　苛立ち混じりに忍を見上げてくる。腕につけたレモンイエローの腕章が、眩しかった。

「八千代先輩の走ったときのタイムは、速くないです。部内で下から二番目です」

「え、そうなの？」

「今年入学した一年生と勝負しても、余裕で負けちゃいます。今年の一年、速い子がたくさんいるんで、歯が立ちません」

離れていく八千代の背中を見つめながら、忍は福本の言った「歯が立たない」という言葉を反芻《はんすう》した。ただの言葉が、歯の神経に染みた。

「じゃあ、夏から競歩に転向したっていうのは……」

「長距離走ではもう慶安の陸上部でやっていけない。だから、長距離走を諦《あきら》めて、競歩を選んだんです。ていうか、取材するならそれくらい下調べして来るものじゃないんですか？　何も知らない状態で現場に来たって、いいネタは摑めないですよ？」

「だから、俺は取材するつもりなんて最初からなくて、遠くから練習を眺めていたかったの。競歩のルールも全然知らないし」

それを君が……と言いかけて、ハッと気づく。

「あの八千代って選手、二年なんだよね？」

「そうですよ」

「君、彼のことを《先輩》って呼んでたよね」

「はい、先輩ですから」

何食わぬ顔で福本は頷いた。

「……ていうことは君、一年なの？」

「あれ？　言ってませんでしたっけ？　ピカピカの一年です。榛名さんと同じ文学部の」

顔の横で可愛らしくVサインを作ってみせる福本に、榛名は堪《たま》らず声を大きくした。

「一年なのに先輩に対してその図々しさはどういうことだよ。大体、俺が先輩だって知っててて《元天才高校生作家》なんて言ってただろっ？」

「もじもじ遠慮してたら記者は務まりません」

本当に一年かよ、こいつ。一歩後退って、忍は顔を顰《しか》めた。この学生記者には気をつけよう。本当に気をつけよう。そう心に決めた。

……決めたはずなのに、どうして福本愛理とラーメンを食べる羽目《はめ》になったのだろう。

「榛名さんって、取材して小説を書いたりしないんですか？　自分の中の引き出しから物語を作る、ってやつですか？」

ずるずると大盛りラーメンを啜《すす》りながら、福本が忍を見る。本当によく喋《しゃべ》る子だ。

「それにしたって、ロス・オブ・コンタクトとベント・ニーも知らないなんて、そんなんじゃ取材にならないですよ」

今日の練習の終了直前に、福本がトラックを歩く八千代を見ながら言ったのだ。

「八千代先輩、膝が曲がってるように見えません？　レースだったらベント・ニー取られちゃうんじゃないかな」

あまりに聞き慣れない言葉で、咄嗟《とっさ》に「……外国の俳優？」と聞き返してしまった。

「ベント・ニーも知らないで競歩の取材に来たんですか？　ということはロス・オブ・コンタクトも何かわからないまま見学してたってことですよね？」

「……洋画の名前？」と答えた忍の首根っこを掴むようにして、福本は大学の側《そば》にあるこのラーメン屋へと駆け込んだのだ。

「慶安新聞スポーツ班のこの福本愛理が、競歩のルールを説明して差し上げます」

濃厚な鶏ガラスープが絡《から》んだ麺を口に詰め込みながら、鼻息荒く福本は言う。自分のラーメンを食べるタイミングが掴めないまま、忍はわずかに身を引いた。

「ど、どうも……」

「そもそも、競歩はただ長い距離を歩く種目じゃないんです。ルールに沿った歩型《ほけい》、つまりフォームを維持して歩く競技です。タイムや順位を競うのはもちろんですけど、審判員の判定次第では、一位でゴールした選手が失格になることもあります」

そこで言葉を切った福本は、レンゲでスープを一口飲む。「美味《おい》しい、鶏にこだわってるなあ」と満面の笑みを浮かべた。

「榛名さんが洋画のタイトルと間違えたロス・オブ・コンタクトは、両方の足が地面から離れてしまったときに取られる反則のことです。競歩は、常にどちらかの足が地面に接してないといけないんです」

「両足が地面から離れたら、走ってるって判断されるのか」

「その通りです。あと、前に出した方の足は接地の瞬間から地面と垂直になるまでの間、膝を曲げてはいけないんです。膝を曲げてしまうと、榛名さんが外国の俳優と間違えたベント・ニーという反則を取られます」

片足を地面から離さない。前に出した足が地面と垂直になるまで膝を曲げない。その両方を適《かな》えると、確かにあの独特のフォームになる。本当に、ルールでガチガチに縛られた走り方——いや、歩き方だ。

「競歩はマラソンと違って、周回コースでレースが行われます。コースには審判員がいて、前を通る選手の歩型をチェックするんです。違反の恐れがあると判断したら黄色い札で注意します。札を出された選手は『このままじゃ違反になっちゃうな』と、フォームを修正するんです。それでも立て直せず、審判員に明らかな違反だと判断されると今度は赤い札を出され、これが三枚溜まると失格になります」

サッカーで使われるイエローカードとレッドカードを思い浮かべながら、忍は普通盛りラーメンの麺を啜った。

「これが競歩の基本ルールです。これだけわかれば、レースも楽しめます」

ルールはわかったけれど、レースが楽しめるかどうかは別問題な気がした。

逆にこのルールが足枷《あしかせ》になっているから、競歩はマイナー競技なんじゃないだろうか。「一番にゴールした人が勝ち」じゃない。「ボールがゴールに入ったら一点」じゃない。見た目のわかりやすさがないスポーツは、なかなか大衆に受け入れられない。

分厚いチャーシューをかじりながら、ふと、同じようなことを誰かと話したのを思い出した。ああ、そうだ、俺の小説だ。俺の小説も、とある編集者からそんな風に言われた。

「わかりやすさがないと駄目だよ。榛名忍さんに興味のない人でもぱっと振り向くような、わかりやすくてキャッチーな要素をもっと盛り込まないと、今は厳しいですから」

夏前に打ち合わせた編集者だった。「キャッチーな要素」というのがどうしても思い浮かばなくて（ついでに言うと、その編集者のぐいぐい来る感じが苦手で）、仕事の依頼は断った。大学三年に上がったらゼミが忙しくて、と白々しい嘘をついて。

「榛名さん？　ラーメン伸びますよ？」

福本に顔を覗き込まれ、忍は我に返った。

「随分暗い顔で考え込んでましたね」

「まあ、ちょっとね」

持ち上げたままの箸を慌てて口へ運ぶ。すっかり冷めた麺は異様に味が濃くて、重たくて、啜るのに力が必要だった。

ずるずる、ずるずる。

麺を咀嚼していたら、胸の奥からいろんなものがあふれ出てきそうになった。

「元現役高校生作家さんも、いろいろ大変なんですね。確か一九九六年をピークに市場規模が縮小し続けてるんですよね、日本の出版って。新聞も似たような状況ですけど」

出版社の編集者達は、まだ、俺に期待しているんだろうか。果たして二〇二〇年まで俺は作家をやれているんだろうか。ああ、そもそも問題は競歩小説だ。この福本という学生記者にルールは教わったけれど、小説にできる気がしなくなってきた。

「……ああ、大変だよ、小説家って」

脳裏にまた、歩く八千代が浮かぶ。薄曇りの夜空に満月が浮かぶみたいに、ぼんやりと。ルールに四肢を縛られるようにして、その中を足掻《あが》くようにして、歩く。

前へ前へ、歩いて行く。

第一章　二〇一七年　冬

新年の願い事

お賽銭《さいせん》を投げてから、何を願おうか悩んでしまった。両手を合わせ、とりあえず「もっと楽しく小説が書きたいです」と願った。

「明治神宮《めいじじんぐう》って、おみくじに吉とか凶とかないのがいいよね」

引いたばかりのおみくじを見下ろしながら、亜希子が笑う。マフラーに隠れた口元がほころぶのが忍からもわかった。

元日の明治神宮は参拝客で大混雑していた。昼頃は特に混むから朝七時に原宿《はらじゅく》駅に集合したのだが、それでも人が多い。でも、高校で初めて同じクラスになったときから、これが亜希子との恒例行事なのだ。

「《かりそめのことは思はでくらすこそ世にながらへむ薬なるらめ》だってさ。目先のものに囚われないで日々精一杯に頑張りなさい、で合ってる?」

「合ってるよ」

「よーし、じゃあ、気長にがんばろ」

おみくじを財布にしまった亜希子を尻目に、自分のおみくじを確認した。明治天皇の詠《よ》んだ歌だった。

《ならび行く人にはよしやおくるともただしき道をふみなたがへそ》

意味はすぐにわかったけれど、あえて裏面の解説文にも目を通した。

〈多くの人々と並んで行く世の中で、たとえ、他の人々にはおくれることがあっても、あまり急いで、正しい道をふみあやまらないでほしいものです〉

まるで、先ほどの願いを見透かされているみたいだった。

参道の両端には屋台が連なっていて、あちこちから温かくいい匂いがした。どの屋台も人でいっぱいだ。「甘酒くらい飲むか」と言って歩いているうちに、気がついたら原宿駅の前まで来てしまった。よくよく考えたら、これも毎年のことだ。

「忍、いつもみたいに外苑前《がいえんまえ》まで行く？」

「結局いつもそうなるな」

「新年の儀式みたいなもんだもんね」

人でごった返す竹下《たけした》通りを横目に、神宮球場方面に向かって歩いた。本来ならバスや電車で移動する距離だ。でも、初めて亜希子と明治神宮に初詣《はつもうで》をしたとき、「どこかでお茶でも飲もう」と店を探しているうちに、明治神宮外苑まで行ってしまった。寒さに耐えかねて、元日から営業していたカフェに入った。

それ以来、元日の東京を二人で三十分かけて歩き、外苑前のカフェでお茶をして帰る、というのが「いつもの元日」になった。去年の秋から亜希子は授業が忙しくなり、大学で顔を合わせる頻度が減ったが、これは変わらない。

年末をどう過ごしたか話しながら歩いていると、通りの先に球場のネットが見えた。道の左右が白い壁で覆われ、その向こうから土埃《つちぼこり》のような乾燥した匂いが漂《ただよ》ってくる。

「この向こうって、新しい国立競技場だよね。まだ全然見えないけど」

亜希子が白壁を指さす。デザインコンペで揉《も》めて工期が遅れているといっても、流石《さすが》に元日は工事も行われていない。背の高いクレーンが、寒空に突き立てられた刃みたいに寂しくそびえている。

「まだまだ先だなって思ったのに、案外あっという間にあと三年になっちゃったよね」

そこまで言って、亜希子が「あ」と声を漏《も》らす。続く言葉は、なんとなく予想できた。

「忍、オリンピックに向けて小説書くんだよね？　競歩の取材、進んでるの？」

亜希子が苦笑いを浮かべたのは多分、忍が渋い顔をしたからだろう。

「まあまあ……じゃないな。あんまり」

「でも、たまに陸上部の練習、見に行ってるんでしょ？」

「行ってるけど、競歩の何が面白いのかよくわかんない」

八千代篤彦とも、たいして言葉を交わしていない。向こうが明らかにこちらを遠ざけているから、ずかずかと踏み入る気にもなれなかった。

そんなことを——競歩のことを考えていたから、いけなかったのだろうか。

明治神宮球場の前を抜けて青山《あおやま》通りを歩いているときだった。

背後から軽快な足音が近づいてきて、見知ったボブカットの女の子が忍の前に回り込んできたのは。

「あっ、やっぱり榛名さんだった！」

ダウンコートにスニーカーという動きやすそうな格好で、福本愛理が忍の顔を指さす。あんぐりと口を開けて固まった忍に代わり、亜希子が声を上げた。

「誰？」

初めて陸上部を取材して以降、福本とはグラウンド以外でもときどき顔を合わせるが（というか、福本の方から話しかけてくる）、医学部の亜希子とは初対面だ。

「慶安大学新聞部で記者をしてます、福本愛理です。ジャーナリズム学科の一年です。初めまして、明けましておめでとうございます」

礼儀正しく、でもどこか馴《な》れ馴れしい口調で亜希子に一礼した福本は、忍にも「明けましておめでとうございます」と笑いかけた。

「榛名さんも観に来たんですね。私も、せっかくだから何かネタが摑めるかもと思って、実家に帰省するのを少し遅らせて観戦することにしたんです」

さ、行きましょう。なんて顔で歩き出した福本を、「ちょっと待って！」と呼び止めた。

「観戦って、何のこと？」

「え、何って……元旦競歩に決まってるじゃないですか」

元旦競歩。喉の奥で反芻して、ずるずると年末のことが思い出された。

年内最後の取材の日。福本から「元日に競歩の大会があって、八千代先輩も出るらしいですよ」と聞かされた。「行けたら行くよ」と、ほとんどNOな返事をした。

そういえば、会場は明治神宮外苑だと聞いたような……気がする。

「え、元旦競歩を観に来たわけじゃないんですか？　じゃあ何してるんですか？」

福本の目が亜希子に移った。チェスターコートのポケットに両手を突っ込んで、「初詣だけど……」と亜希子が困り顔で笑う。福本の視線から逃れるように、忍に視線を寄こす。

「大会やってるなら、観戦しに行く？　せっかくだし」

亜希子の言葉尻に被せるようにして、福本は「そうですよ」と大きく頷いた。

「榛名さん、まだ大会を観たことないじゃないですか。小説の参考になると思います」

だから、まだ書くとは決まってないから。何度も吐いたセリフを口にしそうになって、やめた。「じゃあいつ決めるんですか？」と聞かれたら、どう答えればいいかわからない。

それに、いつまで逃げ回るつもりだという声が、自分の中から聞こえてしまった。

「早く行きましょう。大学・一般男子の20キロ競歩、もう始まっちゃいます」

いつも背負っているリュックサックから、お馴染みのレモンイエローの腕章を福本は取り出した。「さあ、急いで急いで」と早足で歩いて行く彼女の背中に引き摺《ず》られるようにして、忍と亜希子は神宮外苑の銀杏並木を進んでいった。

銀杏並木を抜けたら、球場やテニスコートのある巨大な広場を囲う道路が、一車線だけ封鎖されていた。パイロンが点々と置かれ、沿道にはちらほらと観客の姿もあった。

「コースは一周1・350キロ。一九六四年の東京オリンピックで、男子20キロ競歩のコースとして使われた場所です。元旦競歩自体は一九五三年に始まって、日本で最も歴史ある競歩大会なんです」

手帳片手に愛理が説明する。記者らしく、今日の大会について入念に調べてきたのだろう。亜希子が「へえ」と、興味がないのを必死に隠して相槌を打つ。ついでに「相槌を打つのは忍の仕事でしょ」という顔でこちらを見る。

「八千代先輩の出場する男子20キロのスタート、もうすぐですよ」

周回コースを時計回りに進んでいくと、少しずつ沿道の人の数が増えていった。

葉の落ちた寒々しい木々が並ぶ道の先に、人だかりが見えてくる。観客ではない。薄手のユニフォームをまとい、腕や足を剝《む》き出しにした選手達が百人以上、車道に並んでいた。自分の太腿《ふともも》を叩いたり、その場で軽く足踏みやジャンプをしたり、腕時計を確認したりしている。

近づくほどに、彼等の細い手足から放たれる熱量が感じられる。体から湯気が上がっているんじゃないかと錯覚する。聞こえないはずの息遣いが、何十人分も聞こえてくる。自分が吐き出した真っ白な息が空に舞い上がって、周囲の色が濃くなった気がした。

「このへんで観ましょうか」

福本が人の途切れた場所で足を止める。同時に、オレンジ色のジャンパーを着た男性がスターターピストルを鳴らした。

乾いた音に身を竦《すく》めたのは一瞬で、何かを削り出すような荒々しい音が、忍達に近づいてきた。

腕を前後に、腰を左右に動かしながら、選手達が歩いてくる。

「なんか……腰、痛めそう」

ぽつりと亜希子が言った。確かに、ルールに縛られたあの独特のフォームは、素人《しろうと》目には腰を酷使しているように見える。すかさず福本が解説し始めた。

「競歩は腰の動きが大事らしいです。ああやって腰を動かすことで、軸足を入れ替えながら歩くんです。体の軸は案外ぶれてないんですよ」

選手達が前を通過する。スタート直後だから、選手達は集団で走って——歩いている。先頭からやや離れたところに八千代の姿があった。慶安大の瑠璃色のユニフォームを来て、サングラスをかけて、腕にはアームカバーを装着している。

「八千代先輩、ファイトー！」

福本が目の前を通過した八千代に手を振る。サングラスのせいで表情は見えなかった。八千代はこちらを気にする素振りすら見せず、黙々と歩いて行った。歩いているといっても、忍のジョギングよりずっと速い。亜希子もそれに驚いたようで、前髪を手で押さえながら溜め息を漏らした。

「速っ……」

大学・一般男子の部だけあって、参加者の年齢も幅広い。大学名や企業名が入ったユニフォームを着ている選手もいれば、趣味で参加したのであろう初老の男性もいた。その分、歩く速度にも差があり、徐々に集団は縦に長くなっていく。

「私、走ってもあの人達より遅い気がする」

「俺もそう思う」

去年の十一月から、二週間に一度くらいのペースで練習を見学していたから、彼等の歩くスピードが尋常《じんじょう》じゃないことも、果たしてあれは《歩く》と表現していいものかということも、忍はよく知っている。

足がしなる。鞭《むち》のように、しなやかに地面を蹴る。人間ではない、何か違う生き物のような雰囲気をまとった集団は、あっという間に見えなくなった。

「なあ、さっき、一周1・350キロって言ったよな？　20キロ歩くってことは……」

コース上を吹き抜けていった冷たい風に首を窄《すぼ》めながら、福本に聞いた。

「はい、このコースをこれから大体十五周します。競歩は1キロを四分のペースで歩くので、ここにいれば五分に一回くらい八千代先輩を応援できますよ」

「ということは、1キロ四分のペースで20キロ歩くから、レースが終わるまで一時間半近くかかるってこと？」

時計を確認する。九時二十分を過ぎたところだ。全く同じ体勢で時間を確認していた亜希子が、「どうしようか」という顔で忍を見る。気軽に「観戦しに行く？」と言ってしまったことを、申し訳なく思っている顔だ。

このあと用事があるから。なんて言って去ることは簡単だ。けれど、脳裏に先ほどの八千代の姿が浮かんでしまう。彼は、二周、三周とこのコースを歩く中で、どこかで忍が姿を消したら、どう思うだろう。

ああ、帰ったんだ。寒いし、正月だし、家でぬくぬくしたいんだろう。所詮《しょせん》その程度の気持ちなんだろう。きっと、そう思われる。

「亜希子、俺、もうちょっと観ていくから。先に帰る?」

「いいよ。忍が観ていくなら、付き合う」

マフラーを巻き直した亜希子がコートのポケットからスマホを取り出す。「次に選手が来たら写真でも撮ろうかな」なんて言いながら。

「今更ですが、デートの邪魔をしたみたいで申し訳ありません」

神妙な面持ちで、福本が謝ってくる。本当に今更だ。

「デートじゃない、初詣」

「いや、デートじゃないですか」

亜希子はカメラアプリを確認しながら、聞こえない振りをしている。福本はさらに声を潜《ひそ》め、忍の耳元で「だって」と言ってきた。

「大学でよく一緒にいるじゃないですか。ラウンジとか食堂でしょっちゅう見かけますもん。付き合ってないんですか?」

「付き合ってるわけじゃない。高校からの同級生ってだけ」

「嘘だあ……」

本当に、自分達は恋人同士なんかじゃない。ただ気が合ったから、なんとなく落ち着くし楽しいから、一緒にいるにすぎない。高校一年のときに同じクラスになって、たまたま席が近くなって、亜希子が忍の読んでいる本に興味を持って、仲良くなった。

「嘘だと思うなら嘘でいい」

とりあえず、男子の20キロ競歩が終わるまでは沿道にいることにした。福本の言う通り、およそ五分に一度のペースで目の前を選手達が通過していく。

八千代が通りかかると福本が声援を送り、申し訳程度に亜希子も「頑張ってー！」と声を掛けた。忍はどうしてもそれができなかった。

それ以外の時間は、福本が亜希子に競歩のルールを説明したり、やんわり忍の高校時代のことを質問したりしていた。如何《いかん》せん、見えないところで何が起こっているかわからないから、いまいちレースに熱中できない。

先頭を走る実業団の選手は、周回のたびに後続を引き離した。彼にやや遅れて第二集団が形成され、八千代がいるのは三位集団といったところか。

「足を地面から離しちゃいけないってことは、足の裏にセンサーでもつけてるの？」

不意に亜希子に聞かれて、忍は答えに困った。

「審判員が目視で確認する、って聞いたけど」

「目視のみ、ってこと？」

答えられず福本を見ると、彼女は大きく頷いてコースの先を指さした。

「あそこに黒いジャンパーを着た男の人が立っていますよね？　あれが審判員です。自分の前を通る選手の歩型をチェックするんです」

コース上に、いつか福本から聞いた注意を知らせる札を持った男性が立っていた。ちょうど前を通過した選手に向かって、ひらがなの「く」に似たマークの札を差し出した。

「今、あの選手はベント・ニー――つまり、膝が曲がっている、という注意を受けました。歩型を修正しないと、このあと警告を出されちゃいますね。もう一枚の波線みたいなマークがロス・オブ・コンタクト。両足が地面を離れてしまったときに出される札です」

「センサーでもビデオでもなくて、目視なんだ。誤審とかないの？」

忍が聞きたかったことを、亜希子が先に聞いてくれた。

「審判員によっては判定に個人差が出る場合もあるって聞きました。厳しい人だったり、逆に寛容な人だったり、同じ歩型でも警告を出す人と出さない人がいるって」

「長い距離を歩いて疲れてるのに、審判の目も気にしないといけないんだ。大変だね」

感心した様子で亜希子は言うけれど、今ひとつ声に熱量がない。

「そういう競技なんです。競歩って、審判員の目が勝敗を分けることも多いんで。体力はもちろん、注意や警告を出されたときにきちんと歩型を立て直して、警告を出されても平常心を保つメンタルが重要なんです」

「八千代は、メンタル強そうだけど」

一人で黙々と練習する普段の八千代の姿を思い出して、忍はぽつりと呟いた。

「メンタルが強いってわけじゃないと思うんですよね。内に籠もるのが得意ってだけで」

一際強く冷たい風が吹いて、頭上の枯れ木の枝が軋《きし》んだ音を立てた。福本の声はそれに被さって、途切れ途切れに聞こえた。

なのに、「内に籠もるのが得意」という言葉だけが妙にはっきりと聞こえてしまう。

遠くから足音が聞こえてきた。一位の選手が忍達の前を通過する。八千代は三位集団の最後尾につけていた。前の周回より、微《かす》かに口元が強ばっている。こんなに寒いのに、体は汗で濡《ぬ》れていた。

「あと三周ですし、ゴールのあたりに行きましょうか」

福本に言われるがまま、コースを時計回りに進んでいく。スタート地点から２００ｍほど先にゴールがあった。

建設中の、新国立競技場の目の前に。

陽の向きが変わったのか、工事現場を囲む白壁が、堪らなく眩しかった。

一位は、ずっと先頭を歩いていた実業団の選手だった。八千代はそこからだいぶ遅れてカーブの先から姿を現した。

「八千代せんぱーい！　ラスト、ラストー！」

沿道から身を乗り出すようにして、福本が声を張り上げる。

八千代のフォームは崩れていた。スタート直後と歩き方が違う。ゴールラインを越えると同時に、アスファルトに崩れ落ちた。電池が、そこでぷつりと切れてしまったみたいに。

沿道の観客から小さな悲鳴が上がり、八千代がこめかみを地面に打ちつける。サングラスが外れて、忍のいるあたりまで転がってきた。

歩道から手を伸ばして、サングラスを拾い上げる。汗に濡れたテンプルが、熱かった。

八千代は二人の運営員に肩を抱かれて運ばれていった。他の選手にはマネージャーらしき人物が帯同しているのに、八千代は一人きりだ。

「えっ、1時間34分30秒？」

腕時計を確認した福本が、突然叫んだ。亜希子がつけているような華奢《きゃしゃ》で洒落《しゃれ》たものではなく、水にも衝撃にも強そうなストップウォッチ付きのゴツゴツとしたデザインだ。

「え、嘘、1時間34分30秒なの？」

繰り返す福本に、亜希子が「それって速いの？　遅いの？」と聞く。

「自己ベストなんですけど……1時間34分ちょうどを先輩は目標にしてたので」

「ああ、30秒オーバーしちゃったんだ」

「1時間34分をクリアできれば、二月の日本選手権に参加できるんです。八千代先輩、年末もいろんな記録会でチャレンジしてたんですけど、あと一歩のところでどうしてもクリアできなくて。今日、調子よさそうだったから行けると思ったのになあ」

今にも地団駄《じだんだ》を踏み出しそうな顔で、福本は何度も腕時計を見る。

「その記録、今日、出さないといけなかったのか？」

サングラスを見下ろしたまま、忍は聞いた。

「今月の二十三日が日本選手権の申し込み締め切りで、その前日までに参加標準記録を満たさないといけないんです。参加標準記録というのは公認記録である必要があり、日本陸連に認められた大会や記録会でないと公認記録扱いされません」

「じゃあ、いくら普段の練習でいいタイムが出ても意味がないってことか」

今月の二十二日までとなると、残っている大会や記録会もそう多くないだろう。

「とりあえず、八千代先輩のところに行きましょうか。榛名さんも、サングラス返すついでに一言かけたらどうですか？」

福本がコースの内側にある広場に向かおうとする。亜希子を見ると、「私は面識ないし、待ってるよ」と手を振られた。

握り締めていたサングラスをもう一度見つめて、忍は福本について行った。

コースの内側にある聖徳記念絵画館《せいとくきねんかいがかん》前の広場と駐車場で、参加者が各々クールダウンをしていた。次のレースに出場する選手達はウォーミングアップに勤《いそ》しんでいる。

八千代はやはり一人で、地面に座り込んでいた。背中が何度も大きく膨《ふく》らんで、凹《へこ》む。苦しそうな荒い息遣いが徐々に大きくなる。

「先輩、惜しかったです」

福本の声に、八千代がゆっくり顔を上げる。こめかみがうっすらと赤くなっていた。

「……駄目なものは駄目だ」

苦々しげに八千代は答え、タオルを頭から被る。うなじやこめかみのあたりを拭きながら、小さく溜め息をついた。

掌《てのひら》の硬い感触を思い出して、忍はサングラスを差し出した。

「頭、結構痛そうだけど、大丈夫？」

サングラスをじっと見る八千代に、どう言葉をかければいいかわからない。「惜しかった」とか「ドンマイ」なんて言えるほど、彼をちゃんと見ていたわけでもない。

「救護室とか、行った方がいいんじゃないの」

「大丈夫です」

忍が苦し紛れに言ったのを見透かすみたいに、八千代はサングラスを受け取った。

「どう思いました？」

唐突に、そう聞かれる。

「へ？」

「競歩のレースを見て、どう思いました？」

八千代から質問されるのも、まともに会話をするのも、初めて練習を見学した日以来だ。

「どう、って……」

「随分つまらなそうな顔をして見てたんで、どういうつもりで来てるのかなと思って」

八千代の視線が、忍の後方へ向く。振り返ると、遠くに亜希子の姿があった。人通りのないところにぽつんとたたずんで、スマホを弄《いじ》っている。ああ、きっと、正月に彼女連れで冷やかしに来たと、そう思われたんだ。

「練習しか見たことなかったら。大会ってどういう感じなのか見てみたくて」

嘘つけ。福本と会わなかったら、絶対に来なかったくせに。

「小説のためですか？」

「まあ、そうだね」

ふうん、と、八千代は鼻を鳴らす。堪らなく、胡散《うさん》臭そうな顔で。

「榛名先輩」

初めて八千代に名前を呼ばれた。「はい」と、何故か声が強ばってしまう。

「先輩、競歩の小説なんて、書く気ないんじゃないですか？」

そんな図星を、見事についてくる。

もしかしたら彼には、こちらの熱量のなさや投げやりな気持ちが、忍が思っているよりずっと鮮明に伝わっていたのかもしれない。

「練習を見学したり大会を観戦したりするのは構いませんけど、書く気がないなら他のことに時間を使った方が有益じゃないですか？」

その通りなのだけれど。全くその通りなのだけれど。

「じゃあ」

何が有益なのか直感で判断できるなら世話ないだろ。なんて、言い返したくなってしまう。手探りなんだよ。何を書けばいいのかわからないから、手探りで探ってるんだよ、と。

「じゃあ、一つ聞かせてよ。君は、どうして競歩をやってるの」

俺には、この競技の面白さがわからない。元日の朝、日本中が新年を祝ってのんびり過ごす中、こんな寒い場所を延々と《歩く》ことの意味が、理解できない。

そんな忍の本音は、八千代にしっかり伝わったみたいだった。

「先輩には、絶対にわからないですよ」

ポイ捨てするみたいに言って、八千代は去っていく。20キロなんて長い距離を歩いた両足を、ボロボロになった細い体を引き摺るようにして、ウォーミングアップやクールダウンをする選手達、慌ただしく走り回る運営員の向こうに姿を消した。

「箱根《はこね》」

ぽつりと、隣にいた福本が言う。

「八千代先輩が競歩をやるのは、もう箱根駅伝に出られないから。元旦競歩に出場したのは、明日、明後日が箱根駅伝だから。私はそう思ってます」

八千代が消えた方をぼんやりと見つめながら、彼女は肩を落とした。

直木賞《なおき》の日

綺麗なカバーの本になった。

寒々しい青空の写真と、本のタイトルと、榛名忍の名前。巻かれた帯はざらついた白色。「新進気鋭の作者が描く、青春の残響」なんて格好つけたコピーが躍っている。その本にサインを書きながら、忍は苦笑いを堪えた。

「新進気鋭」という言葉は、編集者がつけた。高校生作家でなくなった自分を——何の肩書きもない榛名忍という作家を、必死にいい感じに言い表そうとしているみたいだ。

『アリア』——それが、忍の新刊のタイトルだ。デビューした玉松書房ではなく、ミナモ館という比較的小さな出版社から刊行される。

会議室のドアが開いて、この本の担当編集である佐原《さはら》さんが入ってくる。「部屋、寒くないですか?」と言いながら、寒そうにズボンの腿のあたりを擦っていた。

「はい、お代わりどうぞ。学校で忙しいのに、ご足労いただいちゃってすみません」

熱々のコーヒーが注がれたマグカップが、忍から少し離れたところに置かれる。忍がサインを入れた本を、佐原さんは段ボールに詰め始めた。サイン本はこのあと、全国の書店に向けて発送される。

「今、春休みですし。暇なもんですよ」

「え、大学生って、もう春休み？」

「先週、先々週と期末試験をやって、あとは四月まで休みです」

本当に驚いた、という顔で佐原さんは「そっかあ」と肩を竦める。まだ三十代後半なのだから、学生時代はそんな昔のことじゃないだろうに。

「じゃあ、今は何の原稿を進めてるんですか？」

「具体的に書いてるわけじゃないんです。玉松書房の担当と話し合ってるところです」

他にも、声をかけてくれる出版社はある。あるけれど、「もうすぐ就活が始まるんで」とか「卒業論文が……」などと言って、先延ばしにしてもらっている。数年後に彼等が再び仕事をくれるかは、わからない。

「次回作を構想中、ってことですね」

《構想中》とは便利な言葉だ。何もしていなくても、何かしているような気がしてくる。

「じゃあ、次の本は来年から再来年ですかね、楽しみですねえ。榛名さんはまだ大学生ですし、まずは勉学を優先ですから」

本を作るのは時間がかかる。だから来年、再来年の話を当たり前にするし、気がついたら一年があっという間に過ぎ去っている。モラトリアム真っ直中の大学生としての自分と、作家としての自分の体内時計の差が、怖くなる。

「『アリア』、榛名さんにとっては六冊目の単行本ですか。早いですねえ」

「佐原さんにはデビュー直後から声を掛けてもらってたのに、むしろ時間がかかっちゃって申し訳ないですよ」

ミナモ館は、子供の頃好きだった児童書を出している出版社だった。デビュー一年目に佐原さんが声を掛けてくれて、嬉しくて二つ返事で仕事を引き受けた。

「でも、お陰さまでいい本になりましたよ、『アリア』。榛名さんのいいところが存分に出てます。中身はもちろん、装幀《そうてい》もいい。僕、大好きです、この本」

佐原さんの言葉に、嘘はないだろう。去年の秋に『アリア』を書き上げたとき、いい物語になったと思った。これで自分は浮上できる。スランプを脱し、かつて多くの人に期待された「天才高校生作家」として、楽しく小説を書くことができる、と。

でも、駄目だった。自分は本を読むのは怖いままで、小説を書くのはもっと怖くなった。


サイン本を三十冊ほど作って、佐原さんと遅い昼食を済ませ、せっかくだから大学に寄ることにした。ミナモ館からは電車で二駅だし、図書館で調べ物をしたかった。

玉松書房の百地さんと進めている競歩小説は、未だプロットにもなっていない。

図書館で陸上競技について書かれた本を何冊か読んで、なんとなく写真集や美術書や民俗学の本をぱらぱらと捲って、六時過ぎに図書館を出た。

「榛名さーん！　奇遇ですね！」

そんなことを言いながら福本が忍の隣に並んだのは、正門の手前でのことだった。

「福本さん、君、俺をストーカーしてない？」

元旦競歩のときといい、どうしてこう彼女とかち合うのだろう。

「失礼な。元旦競歩はただの偶然だし、春休みも新聞部は忙しいんです。部室棟は図書館の隣だから、私と榛名さんがここでたまたま会うのは別に不思議じゃないです」

いつも通り歩きやすそうなスニーカーを履いた福本は、「あ、でも」とにやっと笑った。

「記者として、榛名さんが競歩を題材にどんな小説を書くのか興味はあります」

「仮にどんなものを書くか決まったとしても、君には絶対教えないからな」

「えええー、なんでですか！　うちの新聞で特集組みますよ？」

「絶対、嫌だから」

「何をそんなにイライラしてるんですか？」

「……新刊が出た直後って、ぴりぴりするもんなんだよ」

苦し紛れに言って、すぐに後悔した。

「え、新刊出たんですか？　いつですか？　タイトルは？」

福本に、食いつかれてしまった。早く駅に着かないかな、と忍は歩く速度を上げた。

「ミナモ館から、先週に。『アリア』って本」

『アリア』というタイトルは、とても気に入っている。気に入っているのに、何故か口にするのが堪らなく嫌だった。恥ずかしいのではなく、嫌だった。

「そうなんですか。早く教えてくれたら発売日に買ったのに」

福本がポケットからスマホを取り出し、検索し始める。「あ、あった」と呟いて、画面を忍に見せてくる。ミナモ館のホームページに『アリア』の書影が表示されていた。

「榛名さん、暇なら本屋さんに行きませんか？」

駅に到着し、改札を通過した福本がこちらをくるりと振り返った。

「榛名さんの新刊、本屋で買いますから。ついでに何かオススメの本を教えてください」

そう言われたら、断るわけにもいかない。山手線で新宿まで行き、紀伊國屋書店に向かった。エスカレーターで二階の文芸フロアに上がった福本が、機嫌良く一番大きな棚の前へと進んでいく。

『アリア』より先に忍の目に飛び込んできたのは、「芥川《あくたがわ》賞・直木賞　今夜発表！」という手作りのパネルだった。フロアの一等地に今回のノミネート作が並べられている。

そうか、二〇一六年下半期の芥川賞と直木賞の発表は、今日だ。すっかり忘れていた。ノミネート作すら碌にチェックしていなかった。

受賞作がつい先ほど決定したようで、「受賞決定！」というPOPのついた本が書店員の手で大々的に展開されている最中だった。

「凄い、ちゃんと並んでるじゃないですか」

近くの平台《ひらだい》に『アリア』が置かれていた。昼間作ったサイン本がもう置いてある。ミナモ館の営業がすぐに届けてくれたのだろう。

「売上げに貢献しますね」

なんて声を輝かせた福本が、『アリア』のサイン本を一冊手に取る。そして、芥川賞と直木賞のコーナーに気づいた。

「あ、直木賞と芥川賞、今日だったんですね」

芳《かぐわ》しい香りの花に蜂が吸い寄せられるみたいに、福本がそちらへ走っていく。

「榛名さん、ノミネート作品でオススメってありますか？」

そう聞かれて、忍は仕方なくコーナーの前に立った。一年前は候補作すべてに目を通したけれど、今回は一冊も読んでいない。

「やっぱり受賞したやつを読めって感じですか？　ちょっと分厚いけど」

受賞作を手に取って、その分厚さに福本がおののく。ページを捲って、「わ、しかも二段組だ！」とさらに驚いていた。

「俺も実は読んでないんだ」

正直に言って、忍も受賞作を手に取る。重い。ページ数の問題ではない。存在が重い。本の発する重力に引き摺り込まれそうになる。

それが、堪らなく怖い。

「榛名さんも、やっぱり直木賞がほしいんですか？」

無邪気な質問だった。皮肉を言っているわけでも、悪気があるわけでもないと、わかる。ほしいに決まってるじゃん、俺もノミネートされないかなあ。そんな軽口を叩くには、何を得ればいいのだろう。どんな風になれば言えるのだろう。

「すみませーん……」

突然、後ろから話しかけられた。

茶髪の若い女性だった。「いきなりすみません」と化粧っ気のない顔で柔和に笑いかけてくる。彼女の背後には、カメラを抱えた男性がいた。

「日東《にっとう》テレビの『モーニングタイム』という番組の者なんですが、本日発表になった芥川賞と直木賞について、よろしければインタビューさせてもらえませんか？」

そうだ。今日は、芥川賞と直木賞の発表の日なのだ。そしてここは紀伊國屋書店新宿本店なのだ。日本有数の大型書店なのだ。そりゃあ、マスコミだって来る。受賞作決定のニュースを伝えるために、客にだってインタビューする。

「え、いいですよ！　任せてください」

あろうことか、福本がそんなことを言って忍の肩を叩いてくる。

「ていうかこの人、小説家なんです。あの元天才高校生作家、榛名忍さんです。きっと次の直木賞は榛名さんのこの新刊が――」

福本が『アリア』を掲げようとして、忍は慌てて本を奪った。左手で彼女の口を塞ぐ。

「すみません」

女性とカメラマンに頭を下げて、後退る。

「一応、同業者なので、遠慮させてください」

それが、精一杯だった。福本を引き摺ってその場を離れた。店内は本を買い求める人で混み合っている。どうせ彼等がインタビューする相手はすぐに捕まるだろう。

ギブアップとでも言いたげに福本が忍の腕を叩いてきた。口から手を離すと、「窒息死するかと思った！」と抗議してくる。

「せっかく新刊の宣伝をするチャンスだったのに」

「余計なお世話！　ほら、さっさと買って帰るぞ」

右手に直木賞受賞作を握り締めたままだった。あのコーナーに戻る気にもなれなくて、忍は福本と一緒にレジに並んだ。

「そういえば」

会計を済ませて（芥川賞・直木賞のコーナーの前を通らないように）店を出たとき、福本が改まった顔で忍を振り返った。

『アリア』の入った袋が、かさりと音を立てる。

「榛名さん、三月の全日本競歩能美《のみ》大会は観に行くんですか？」

「……能美？」

「石川県能美市で開催される、20キロ競歩の大会です。八千代先輩、元旦競歩でこっちの大会の参加標準記録をクリアしたから、出場するらしいです。ちなみにこの大会は今年のロンドン世界陸上の選考会も兼ねてるので、結構盛り上がるはずです。世界大会でメダルを狙うような強い選手がたくさん出場します」

そこを八千代が歩いて大丈夫なのか。福本の顔には、心配の色が見え隠れしていた。

「榛名さん、競歩の面白さがイマイチわからないんですよね？　なら、大きな大会を観るのが手っ取り早いと思って。書くか書かないか、早く決断したいんじゃないですか？」

忍は唇を噛んだ。握り締めた紀伊國屋書店の袋が、とてつもなく重い。掌に食い込んで、そのまま指が引きちぎれてしまいそうだった。


新宿から中央線で十分ほどのところに、忍の暮らすアパートがある。駅から徒歩五分の、単身者向けにしては広めの１ＤＫ。本棚を五つも置くことができて、引っ越してきたばかりの頃はそれが壮観で、嬉しかった。

実家は埼玉だけれど、大学ではあえて一人暮らしをした。同じ高校に通っていた亜希子が「実習も多いし、通学時間が長いのは嫌だ」と引っ越し先を探していたのもあって、忍も「大学四年間くらい、一人で暮らしてみるのもいいかもしれない」と思った。デビュー作の印税もあったし、両親も「人生経験だ」と言って送り出してくれた。

その選択は、正解だったと思う。もし実家住まいだったら、両親は忍のスランプを心配しただろうから。

風呂に入って、ベッドに横になって、買ってきたばかりの直木賞受賞作を読んだ。読み切ったのは明け方だった。

一気に読んだ。途中で読むのを止めたら、もう読めない気がした。何度も涙が出た。感動じゃなくて恐怖だった。章と章の間に一呼吸置いた瞬間、寝室に並ぶ五つの本棚が、そこにぎっしりと詰まった本が、自分を押し潰《つぶ》そうとしているみたいに感じられた。

胸に抱えた本に、息が苦しくなる。

どうして俺は、本を読むことを心から楽しいと思える自分でなくなってしまったのだろう。本を読むことをこんなに怖いと思うようになってしまったのだろう。

そこまでして、俺は小説を書いていたいのだろうか。こんなに面白い本がごまんとある世界で、どうやって生きていけばいい。

何か。何かしないと。

何かしていないと、恐怖に呑み込まれて息ができない。

第二章　二〇二七年　春

夏が降る

部屋が寒くて目が覚めた。エアコンのタイマー設定を間違えたみたいで、目覚ましが鳴る時間になっても暖房がついてなかった。

三月も半ばになったとはいえ、朝は寒い。しかもここは石川だ。日本海側だ。東京よりずっと冷え込む。

暖房を入れたはいいが、集合時間が迫っていた。震えながら忍は顔を洗い、歯を磨き、着替えを済ませた。

部屋を出てエレベーターで一階へ降りると、レストランにはすでに百地さんがいた。しかも、手元には朝食バイキングから取ってきた料理が並んでいる。

「ごめんなさい。早く起きたらお腹空いちゃって、待てませんでした」

子供みたいに笑う百地さんに「別にいいですよ」と言って、忍もバイキングの列に並んだ。食欲が湧《わ》かなくて、結局パンとヨーグルトとスープにしか手が伸びなかった。

「そんなんで取材、大丈夫ですか？」

ご飯に味噌汁、焼き魚に卵焼きにソーセージに山盛りのサラダ。それらを口に運びながら、百地さんが聞いてくる。これじゃ、どっちが大学生なんだかわからない。

「取材するのも体力いりますよ？　ただ観戦するよりも見なきゃいけないものが多いし」

百地さんに言われるがまま、パンをもう二つと、ソーセージを一本だけ齧った。

朝食を終えたらすぐにチェックアウトして、ホテルの前からタクシーに乗り込んだ。小《こ》松《まつ》駅の近くのビジネスホテルに昨日は泊まったけれど、目的地はそこからタクシーで十五分ほどのところにある。

「もしかして、競歩の大会を観に行かれるんですか？」

行き先を告げると、中年の運転手がすぐさまそう言った。百地さんが「そうなんですよー」とにこやかに返す。百地さんと運転手の会話に混ざったり混ざらなかったりしながら、忍は窓の外をじっと見ていた。

雨が降り出しそうな気配はないが、空全体が真珠のような色合いをしていて、暗いわけではないのに寒々しい。

気がつけば周囲から建物が消えていた。だだっ広い田園の中を、片側一車線の道が延々と続く。田植え後でもなければ稲刈り前でもない田圃《たんぼ》は黒い土が剝き出しになっていた。背の高い建物がないから、遠くの山から駆け下りてきた風が、手加減することなく吹きつけてくる。

目的の能美市根上《ねあがり》野球場の前でタクシーを降りると、近くの道路からほのかに賑わいが感じられた。

「へえ、これが会場ですか」

周囲を見渡して、百地さんが言う。「広くて観戦しやすそうですね」という口振りは、何だか楽しそうだった。

三月の冷たい風が吹く田園の真ん中で、道路を封鎖し、直線道路を往復する形で2キロの周回コースが作られていた。風を遮るものがない。コートの襟を窄めて、忍は観戦に向きそうな場所を探して沿道を進んでいった。

全日本競歩能美大会。

元旦競歩でこの大会の参加標準記録を突破した八千代が、男子20キロの部に出場する。すでに中学生男子の部が始まっており、沿道にはちらほらと観客が集まっていた。マスコミの姿もある。側を選手が通過すると、コーチらしき人物が「前に合わせていけ！」とか「リラックスしていけ」などと声を掛けた。

中学生らしい、背も低く華奢な選手が、すっかり見慣れてしまった独特のフォームで歩いて行く。すれ違い様に忍は彼の顔をじっと見た。中学生の部は3キロだと聞いた。歯を食いしばって、こんなに寒いのに汗をびっしょりとかいて、忍から遠ざかっていく。

どうしても、元日に会った八千代を思い出してしまう。

「先輩、競歩の小説なんて、書く気ないんじゃないですか？」

そう言った彼の、あの胡散臭そうな顔。こちらを得体の知れないものと見ている目。

作家としての自分を「この程度か」と蔑《さげす》まれたような、そんな羞恥《しゅうち》心が収まらない。でも、そんな気持ちと同じくらい「お前はその程度だよ」と思ってしまう自分もいる。

能美まで大会を観に行こうと思ったのは、意地だった。恐怖から逃げるためだった。立ち止まっている自分じゃなくて、何かをしている自分になりたかった。

百地さんが「取材費で落とせるように会社に掛け合います！」とノリ気になってしまって、こうして男二人で来ることになったのは予想外だったけれど。

「あ、ゴールするみたいですよ」

百地さんの声に、忍は顔を上げた。周回コースの中ほどに、田園には不釣り合いなレモンイエローのアーチが鎮座し、「全日本競歩能美大会」とでかでかと書かれていた。

一人の選手が両手を広げてゴールテープを切った。百地さんが沿道から身を乗り出して、彼に拍手を送る。忍も釣られて手を叩いた。

スタートとゴール前は人が多かったけれど、その付近で観戦することになった。各選手の警告の数が表示されるボードも見えるから、レースの動向も把握しやすそうだ。

続々と選手がゴールして行き、中学生男子の部の最後の選手がゴールしてから、およそ十分。中学生よりずっと体格のいい選手達がぞろぞろとコース上に現れた。

「やっぱり、中学生とは体が違いますね。でも、みんな細いなあ、寒そうだ」

なんて言いながら、百地さんが自分の二の腕を摩《さす》る。

男子20キロのレースに参加する選手は百五十人くらいいた。ウエアから伸びる細い四肢に冷気が染み込んでいくようで、見ているこちらに鳥肌が立ちそうになる。

「榛名さんが取材してる選手はどの子ですか？」

「あの、六十八番のナンバーカードをつけてる人、見えますか？」

サングラスをかけた八千代は、集団に埋もれるようにたたずんでいた。

「彼が、同じ大学の八千代篤彦っていうんです。陸上部唯一の競歩選手です」

「一人でやってるなんて凄いですよねえ。若い頃なんて、みんなと同じことをしてないと不安になっちゃうものなのに」

内に籠もるのが得意。以前、福本が八千代のことをそんな風に言っていた。もしそうなら、彼は内に籠もったまま、何のために歩いているのだろう。

考えを巡らせていたら、突然、潮が引くみたいにあたりが静かになった。

「始まりますね」

百地さんの声に、息を止める。スターターがピストルを真珠色の空に向かって構えた。一際冷たい風が吹いて、堪らず目を閉じた。乾いた音が瞼《まぶた》の裏で弾《はじ》けて、忍は目を瞠《みは》る。地面が微かに揺れて、目の前を大勢の選手達が歩いて行った。

冷たい日差しに照らされた集団の中に、八千代を見つけた。サングラスに日光が反射して、忍の目を刺す。

それでも目を瞑《つむ》ることなく、八千代から視線を外さなかった。

「何のために歩くんだよ」

一周2キロの周回コースを選手達は1キロ四分ほどのペースで歩く。四分に一度、選手達が忍達の前を通過した。

スタートから十分ほどたって、集団から一人の選手が少しずつ、じわじわと抜け出した。

「あ、あれ、長崎龍之介ですね」

エントリーリストを確認した百地さんが、先頭を歩く小柄な選手を目で追う。

「ほら、リオ五輪の競歩の日本代表です」

言われて、「ああ！」と忍は声を上げた。東京オリンピックでの活躍が期待される若手選手だ。

しかも、八千代は彼のやや後ろにいる。二位だ。日本代表の次につけている。

「凄いですねえ。オリンピアンが出てるレースを観てるんですね、僕達」

長崎龍之介と、八千代の背中が遠ざかっていく。20キロを歩き切るレースは、まだ始まったばかりだ。

「警告が三枚ついたら失格なんですよね」

どの選手に何枚警告が出たかを示すボードを見つめながら、百地さんが聞いてくる。まだレースも序盤だから、警告を出された選手はいない。

しかし、先頭が5キロ、10キロと距離を重ねていくうちに、警告を出される選手が増えていった。

「ああ～、失格だ」

見ず知らずの選手に三つ目の警告がつくのを見届けてしまい、百地さんが自分のことのように頭を抱えた。

ボードに並んだ三つの警告（ロス・オブ・コンタクトばかりだった）を眺めながら、自然と八千代のナンバーを探してしまう。

八千代にはまだ警告はついていない。トップを歩く長崎龍之介にも、ない。

「せっかく能美まで来て出場したのに、失格なんて辛いなあ」

「国際大会で一位になった人が、ゴール後に失格になった、ってこともあるらしいんで」

福本からの受け売りをそのまま伝えると、百地さんは「凄い競技だ」と溜め息をついた。

「榛名さん、オリンピックのモットーってご存じですか？」

「オリンピック憲章じゃなくて、モットーですか？」

「『より速く、より高く、より強く』――要するに、《より優れた存在》になることを目指す、という意味です。競歩は、そのモットーからちょっと外れてるように見えますよね。『より速く』なら走ればいいじゃないか、って話です」

思ったことを綺麗に言葉にされて、忍は押し黙った。

「確かに、このモットーに当てはまらない競技もあるんですよ。でもこの前、とあるスポーツ評論家のインタビュー記事を読んでなるほどと思ったんですが、ドイツの哲学者が、このモットーに『より美しく、より人間らしく』を加えよと主張してるそうです」

続きを言いかけた百地さんが、言葉を切る。忍も、その先を急《せ》かさなかった。

四分ほど前に目の前を通過した長崎龍之介が、コースを折り返して再びやって来た。

５ｍほど後方に、八千代の姿がある。四分前はサングラスのせいで表情が読めなかったのに、今は苦しそうな顔をしていた。

突然、首筋が寒くなった。吹きつける風がぐっと冷たくなった。

この寒さを、八千代はどう感じているのだろう。寒いと思うのだろうか。涼しくなってちょうどいい、なのか。それすらわからない自分をもどかしいと思った。

長崎龍之介が忍の前を通り過ぎる。八千代が来る。歩き方が先ほどまでと明らかに違う。

フォームはどこか軋んで見え、足を繰り出すたびに錆《さ》びついた音が聞こえてきそうだった。

「──あ」

忍のすぐ近くにいた審判員が、八千代に黄色い札を差し出した。ロス・オブ・コンタクトだ。両足が地面から離れている。フォームを修正せよ。そう注意を受けた。

八千代の口が、うっすらと開いた。

審判員は八千代の後ろにいた選手にもロス・オブ・コンタクトの注意をした。すると、沿道でレースを観ていた男性が、彼に向かって指示を出した。

どうやら、同じ大学だか企業の仲間がフォームの修正ポイントについてアドバイスを送ったらしい。

八千代には誰もそんなことをしなかった。どこか、このコースのどこかに、彼にアドバイスをしてやる人間はいるんだろうか。

選手達の足音と沿道の声援に紛れて、自分のスマホから微かに通知音がした。コートのポケットをまさぐって確認すると、どうしてだか福本からメッセージが届いていた。

〈榛名さん、もしかして能美にいます？〉

タヌキが首を傾げるスタンプと共に、そんな文面がトーク画面に表示される。

〈何故わかる〉

素早く返事を打った。福本からも、すぐに反応があった。

〈能美大会のライブ配信を見てたんですけど、よく見たら榛名さんが映ってるんですもん。スタート地点のあたりにいません？〉

文章を打ち込むのが面倒になって、電話をかけた。福本はワンコールで出てくれた。

『どうしました？　ていうか榛名さん、よく能美まで行きましたね。私も取材に行こうと思ったんですけど、新聞部で取材費が下りなくて～ホント、ケチなんですから』

部に対する愚痴《ぐち》が始まりそうだったから、忍は慌てて「あのさ！」と声を張った。

「元旦競歩のときもそうだったけど、八千代って、一人で大会に出てるのか？」

『当たり前じゃないですか。陸上部で競歩をやってるのは八千代先輩一人なんですから』

「そうじゃなくて、コーチとかマネージャーとか、付き添わないのかよ」

福本が黙る。忍は沿道から進行方向へ身を乗り出した。八千代の姿は後続の選手に遮られて見えなくなった。

『あのですね、榛名さん』

こちらを教え諭《さと》すような改まった口調で、福本は言った。

『まず、慶安大の陸上部には競歩のコーチはいません。競歩の選手が一人しかいないのに、コーチなんて雇うわけないじゃないですか。ていうか、練習見学してて見ました？　八千代先輩のことを指導してるコーチ』

「たまに、それっぽい人と話してたから」

『あれは長距離走のコーチです。競歩の指導者じゃないです。あと、一人の競歩選手のためにマネージャーを帯同させられるほど、陸上部も暇じゃないんです。それに八千代先輩の性格的に、マネージャーに能美までついてきてほしいなんて、絶対言わないですよ』

「じゃあ、八千代のことを誰が応援してるんだ」

足下にぽとりと言葉を落とすように、忍は呟いた。

「フォームが崩れたときとか、そういうときに、誰がアドバイスするんだ」

『そんなのいるわけないじゃないですか』

一拍置いて、福本が答える。側にいた人が、前を通りかかった選手に「頑張れ！　後半勝負だ！」と声を張り上げた。福本にも、きっと聞こえただろう。

『八千代先輩、一人で歩いてるんですよ。応援してくれる人がいなくても、注意や警告を出されたときに指示をくれる人がいなくても、ずっと一人で歩いてるんです』

――だから。

福本がそう言った瞬間、警告が掲示されるボードに、スタッフが近づいた。息を呑んで、忍はボードを見つめた。

「ああ……」と声が漏れてしまいそうになった。

八千代篤彦のナンバーの横に、一つ、警告がついた。ロス・オブ・コンタクトだった。

『榛名さん、沿道にいるんだったらせめて応援してあげてください。八千代先輩からの好感度低いだろうけど、名前を呼ばれるくらいなら悪い気しないだろうし』

うるさい、好感度低くて悪かったな。そんな軽口を叩きたいのに、言葉が出てこない。長崎龍之介の姿が、再び大きくなってきた。電話を切って、忍は彼を見つめた。流石は日本代表だ。スタート時とフォームが変わらない。顎《あご》も上がってないし、口も開いてない。まだ余力がある。一挙手一投足からそれが伝わってくる。

八月を思い出す。大学の図書館のラウンジで、彼がリオデジャネイロで活躍する姿を大型テレビで見た。振り返ったら、八千代がいた。彼は長崎龍之介の姿を見て泣いていた。

八千代の心根なんてわからない。わからないけれど。今その長崎龍之介と同じレースを歩いている八千代は——あいつはもしかしたら、どうしようもなく、自分でも逃れられない感情に振り回されるようにして、足掻いているのかもしれない。

「あ、榛名さん」

ずっと黙って観戦していた百地さんが、忍の肩を叩いてきた。

「八千代さんに、二つ目の警告が出ちゃいました」

沈んだ声に引き摺られるように、忍は「うわっ」と呻《うめ》いた。ボードには、確かに二つ目のロス・オブ・コンタクトが記されていた。

「マジか……」

長崎龍之介が通過して、数十秒。後続の選手がやって来る。

二番手だったはずの八千代は順位を落としていた。15キロ過ぎから明らかに他の選手達の動きが変わった。ラスト5キロ。ここから勝負をかけるのだろうか。

ぱっと見では順位がわからないくらい後ろに、八千代がいた。歩型は保っているけれど、足に力が入っていない。二本の棒を引き摺るみたいにして忍の前を通過する。前半でスピードを出しすぎた。もう体力が残っていない。

「……八千代！」

咄嗟に、彼の名を呼ぶ。言葉が続かない。どんな言葉で励ませばいいのか、わからない。その間に、後ろから来た選手に八千代は抜かれてしまう。

「そうか」

しみじみとした声で、百地さんが呟いた。

「スピードを上げれば警告を取られやすくなる。勝負所で勝負するには、余力を残しておくだけじゃなく、できるだけ警告をもらわないでおく必要があるんですね」

八千代は、あと一つ警告が出たら失格だ。だからスピードを上げられない。警告がゼロの選手は、多少のリスクを負ってでもスピードを出せる。勝負所で、勝負ができる。

体力もなければ、あと一つの警告で失格になる八千代に、勝負なんてできるわけがない。

「凄い。ただ歩くだけじゃなくて、そういう駆け引きがあるんだ」

感心した様子で何度も首を縦に振る百地さんを余所に、忍は唇を噛んだ。

より速く、より高く、より強く、より美しく、より人間らしく。

歩型、ロス・オブ・コンタクト、ベント・ニー、注意、警告、失格——ルールにガチガチに縛られて、失格にならないように注意を払って、その中で競争相手と駆け引きをしながら、長い距離を《歩く》。なんて不可思議な競技なんだ。

なんて、人間らしい競技なんだ。

足が痙攣《けいれん》する。足の裏が震える。体の奥底で何かが叫んでいる。なんだよこれ、ふざけるなよ。誰に対してなのか、何に対してなのか、憤《いきどお》っている。

「すいません！」

百地さんに一言そう言って、忍は沿道を走った。

彼の歩くスピードは速い。忍の駆け足と変わらない。

「八千代！」

叫んだ。八千代には、果たして聞こえただろうか。

背負ったリュックが重い。一泊旅行だから荷物を少なくまとめたのに、重い。邪魔だ。どうしてこんなに重いんだ。

「八千代っ！」

なんとか八千代に追いついた。並んだ。彼がわずかに首を動かして、こちらを見た。忍を見た。サングラスに、忍の顔が小さく映り込んだ。

頑張れ？　違う、何か違う。リラックスしろ？　していいのか？　俺にそんなことを言われて、こいつは嬉しいか？　お前に何がわかるって思わないか？

わからない。彼の気持ちなんて何もわからない。どうして競歩なのか。どうしてあの日泣いていたのか。何のつもりでたった一人で能美に来て、歩いているのか。

わからない。全然、わからない。

でも、彼が何かに負けたくないと思っているのは、よくわかる。

「負けるな！」

叫び声は、八千代にはちゃんと届いたと思う。

彼のサングラスの中にいた榛名忍にも、ついでに。


一位は長崎龍之介だった。ラスト二周で警告を一つもらったけれど、危なげない様子でゴールした。

八千代は四十位だった。ゴール横に設置されたスポーツタイマーでタイムを確認すると、1時間30分23秒だ。元旦競歩のときは1時間34分30秒だったから、五分近く自己ベストを更新したことになる。

祝うべきなのだろうけど、ゴールした途端にその場に倒れ込み、無言でアスファルトを拳《こぶし》で叩いた八千代に「自己ベスト更新おめでとう」なんて言えるわけがなかった。

でも、それでも、八千代がスタッフに誘導されて待機場所に向かうのを、追いかけないわけにはいかなかった。百地さんは何を思ったのか、「どうぞ行ってらっしゃい」と穏やかな顔で忍を送り出した。

コースの目の前にある児童センターが大会の受付や選手の待機場所になっていた。白いテントが張られ、次のレースに参加する選手達がウォーミングアップをしている。

駐車場の隅っこに、八千代は蹲《うずくま》っていた。元旦競歩のときと一緒だ。周囲にいる同年くらいの選手達はマネージャーやチームメイトと一緒にいるのに、彼は一人だ。

片膝を抱えて動かずにいる八千代に、忍は近づいて行った。足音に気づいた八千代が、顔を上げる。

途端に、あの夏の日が、空から降ってきた。

真珠色を切り裂くようにして、真っ青な夏空が覗く。リオ五輪に日本中が沸いていたあの日が、忍の肌を掠《かす》めて蘇《よみがえ》る。

「また、あんたか」

八千代が顔を伏せる。心のシャッターをぴしゃりと下ろされた。

その冷たく硬いシャッターを、静かにノックすることにした。

「初めて会った日、泣いてたよな」

どうして？　そんな忍の問いに、正反対の陽気な声が重なった。

篤彦！　と八千代を親しげに呼ぶ声が。

「篤彦、お疲れ。寒かったな」

振り返って、忍は「は？」と声を上げた。

スキップでもするようにしてやって来たのは、先ほど一位でゴールテープを切った長崎龍之介だったから。

むくりと立ち上がった八千代は、「おう」と短く頷いた。口元をわずかにほころばせる。そういうお面を咄嗟に被ったような、温かさの感じられない笑みだった。

「篤彦が前半からぐいぐい来てたからさ、焦《あせ》ったよ。でも、知り合いが競歩に来てくれて嬉しいや」

長崎が右手を差し出す。握手に応じた八千代が、一瞬だけ、足の裏に画鋲《がびょう》でも刺さったような顔をした。

「龍之介が前にいたから、前半から突っ込みすぎた」

仮面を貼りつけたまま、八千代は「おめでとう」と言った。忍は無意識に拳を握り込んだ。彼がどんな気持ちで賞賛の言葉を贈ったのか考えたら、胸を抉《えぐ》られる気分だった。

「次も勝つからな」

ぐいぐいと自分の顔を指さして、長崎は「じゃあな」と去っていった。一瞬だけ忍の方を見て、「お邪魔しました」と礼儀正しく会釈《えしやく》する。どうやら離れたところに同じ大学の仲間がいるようだ。そういえば、百地さんが彼は東京体育大の学生だと、夏頃言っていたっけ。

ベンチコートを翻《ひるがえ》して駆けていく長崎の背中を、八千代はずっと見ていた。ぴくりとも動かず、じっと。まるでそれは、大学のラウンジで泣いていたときみたいだった。

「……八千代？」

恐る恐る、背後から声を掛けた。八千代は、電池が切れたように再び蹲ってしまった。疲れただけ。ちょっと休んでるだけ。そんな風を装う背中に、忍は傍《かたわ》らにあったベンチコートを摑んだ。

瑠璃色のコートを、八千代の頭から被せてやる。

「なんですか」

くぐもった声が、厚手のコートの下から聞こえてくる。

「いや、だって」

小さく溜め息をついて、忍は八千代の隣に腰を下ろした。

「君の考えてることはよくわかんないけど、とりあえず、泣いてるところは他人に見られたくないだろうと思って」

鼻を啜る音が聞こえた。コートが八千代の肩から摺り落ちる。何も言わず、忍はコートの位置を直してやった。

布擦《ぬのず》れの音に掻き消されそうなくらいか細い声で、八千代が言う。

「地元が一緒」

「え？」

「さっきの……長崎龍之介と、地元が一緒なんです。年も一緒」

「ああ、だから親しそうだったんだ。めちゃくちゃフランクだったから、驚いた」

「あいつは人懐《ひとなつ》っこくて誰からも可愛がられますから」

俺はそうじゃないけど。そんな卑屈な本音が、勝手に聞こえてくる。

「高校時代から競い合ってきた仲、ってやつ？」

「龍之介は高校からずっと競歩。俺は長距離走でしたけど、陸上部の顧問に勧められてときどき競歩の大会にも出てました。意外とインハイに出れたりしたんです。でも、大学では長距離走一本で行くつもりでした。俺が箱根駅伝にこだわってぐだぐだ足掻いているうちに、あいつはオリンピックに出ました。このまま行けば、東京オリンピックも出ます」

八千代は淡々としていた。長崎のことを賞賛しているのに、実力を認めているのに、平坦で、冷徹で、抑揚がなくて、声の上を感情がつるつると滑っていく。

滑り落ちた感情は、どこに行くのか。

「夏に、大学の図書館のラウンジで……」

「あの日、箱根を諦めることにしたんです。競歩に転向することにしたんです。何やってんだろうと思って」

八千代は話してくれた。レース直後の一番悔しくて辛いタイミングのはずなのに――だからこそなのかもしれないけれど、話してくれた。

長崎とは、高校時代に競歩の大会でよく顔を合わせた。あの頃は二人の実力は拮抗《きっこう》していた。でも、八千代は競歩なんて興味なかった。部の顧問から勧められて、仕方なく出場しているだけだった。長距離走でも競歩でも結果が出ていたから、悪い気はしなかった。

八千代篤彦が見据えていたのは箱根駅伝を走ることだった。

だから、箱根駅伝の常連校である慶安大学に進学した。慶安大には全国から有望選手が集まる。入学直後、自分は強い長距離選手ではないのだと思い知った。

慶安大の陸上部じゃやっていけないと、大学一年の終わりに気づいた。選手ではもう先がないからと監督からマネージャー転身を勧められても、それでも諦めきれなかった。

諦める勇気を持てないでいるうちに、長崎はリオ五輪に日本代表として出場した。

だから、涙が出た。

途切れ途切れに八千代の話を聞いていると、周囲から人がいなくなっていた。女子20キロのレースが始まったみたいだ。コースから歓声が聞こえてくる。

「なんか……悪かったな。そんな場所に居合わせちゃって」

「別にいいですよ。ていうか、今だって最悪のタイミングで居合わせてますよ。なんでこんなに空気読めないんですか。いろいろ察して黙って離れて行くとかすればいいのに」

「け、敬語なら何言っても許されると思ってないかお前……！」

「すいません。昔から可愛げないんです」

「そのようだな」

鼻を鳴らして、そのまま溜め息をつく。突っかかるのはやめよう。彼はきっと、かつて競っていた長崎に勝とうと、せめて同等の勝負をしようと、必死に戦ったのだ。そして敗れたのだ。誰かに八つ当たりの一つや二つ、したくもなるだろう。

ベンチコートの下から、八千代の手がするすると出てくる。角張った掌が、コンクリートの上を何やら探る。八千代の鞄の上に置かれていたタオルを渡してやると、彼は「ありがとうございます」と言って再びコートの中に籠もった。

何だ、意外と、素直な性格をしてるじゃないか。

彼が歩く理由

「じゃあ、六時にこの場所に集合でいいですか？」

金沢駅でタクシーを降りた途端、百地さんがそんなことを言い出した。

「はい？」

「せっかく金沢まで来た上に、まだ昼過ぎですよ？　観光の一つもして帰りましょうよ。僕、久々に兼六園《けんろくえん》に行ってみたいんです。あと近江町市場《おうみちょういちば》で海鮮を買ってきてほしいと妻に頼まれて。榛名さんも、せっかくですからお友達とゆっくりどうぞ」

百地さんの視線が、忍の背後へ移る。「へ？」という間抜けな声が聞こえて、忍は恐る恐る後ろを振り返った。

大きなリュックサックを背負った八千代が、目を丸くして百地さんと忍を交互に見ていた。

彼の後ろには、木製の巨大な門がある。確か、鼓門《つづみもん》という名前だ。螺旋状《らせんじょう》に組み上げられた柱と面格子《めんごうし》の屋根の迫力をまざまざと感じて、息を吞む。

「百地さん、俺、このまま新幹線に乗って帰るものだと……」

「何言ってるんですか、出張の醍醐味はこれからじゃないですか。楽しんできてください。何かあったらすぐ連絡くださいね」

普段通り柔和な笑みを浮かべて、百地さんは駅前ロータリーにやって来たバスに意気揚々と乗り込んでしまった。忍と八千代を置いて、兼六園だか近江町市場だかへ向かっていく。

八千代に「一緒に金沢駅まで行きましょう」と声を掛け、半ば無理矢理タクシーに乗せたのも、わざわざ八千代の泊まっていた宿に荷物を取りに寄ったのも、忍と彼を二人にするためだったのかもしれない。

「出版社の人って、みんなあんな感じなんですか?」

だいぶ時間がたってから、八千代がそう聞いてきた。

「そういうわけじゃないと思うけど……」

百地さんを乗せたバスが見えなくなって、忍はゆっくりと肩を落とした。腕時計で時間を確認すると、三時前だった。

「八千代は、新幹線のチケットは取ってあるの?」

「いえ、適当に空いてる便を取ろうかと思って」

なら、ここで八千代と別れて、彼だけ先に帰ってしまってもいいわけだ。忍一人で、駅の周りを散策して、集合時間までにここに戻ればいい。

だけど。

「だいぶ遅いけど、昼飯でも食べる?」

このまま別れるのもなんだか侘《わ》びしい気がして、そう提案した。八千代は、こちらの腹を探るような目をした。

「ずっと練習の見学させてもらってたし、昼飯くらい奢《おご》るけど」

忍が付け足すのと同時に、八千代の腹の虫が鳴った。レース後に軽食は取っていたけれど、20キロも歩いた体にはとても足りないだろう。

八千代が気まずそうに目を逸《そ》らすのと同時に、今度は忍の腹が鳴った。こちらも、朝食を軽く取ったきりだ。

ふっ、と八千代が小さく笑うのが聞こえた。

「じゃあ、お言葉に甘えます。奢ってください」

口角をほんの少し上げて、八千代が言う。柔らかい表情を見るのは、もしかしたら初めてかもしれない。

「金沢って、何が美味いのかな？」

とりあえず、それらしい店を探して駅前の通りを進んでいくことにする。

「魚じゃないですか？」

「百地さん、市場で海鮮買うって言ってたもんな」

八千代がちゃんと会話にのってきてくれて、安心した。ちらりと後ろを見ると、リュックのショルダーストラップを握り締めた八千代が、忍と同じ歩調でついてきていた。

「なんですか？」

「いや、普通に歩くときは、普通の速さなんだと思って」

背の高い八千代は、ゆったりとおおらかな歩き方をしていた。レースとギャップがあって、ついまじまじと見てしまう。

「日常生活であんなスピードで歩く奴がいたら、ただの不審者じゃないですか」

「だよな」

「この前なんて、学校の外で練習してたら散歩中の犬に吠えられました」

その場面を想像して、忍は肩を揺らして笑った。

話しながら歩いているうちに、百地さんが行くと言っていた近江町市場に着いてしまった。海鮮に青果に精肉と、食べ物を売る店が寄り集まっている。

時間が時間だから閉まっている飲食店も多かったが、市場を巡っているうちに営業中の店に辿《たど》り着いた。観光客で混んでいたけれど、運良く小上がりの席に通してもらえた。

「遠慮しなくていいから、食べたいもの食べなよ」

メニューを広げ、「ほら、これとか」と特上海鮮丼を指さす。ズワイガニ、エビ、ノド黒、サーモン、ウニ、イクラ、トロが山盛りになっていて、値段もそれなりにする。

「俺、今、初めて榛名先輩を格好いいと思いました」

値段をじっと見た八千代が、感心したように目を瞠る。大真面目な顔をしているのに、尊敬の念は全く感じられない。先輩風を吹かせたつもりなのに、逆に馬鹿にされた気分だ。

「悪かったな、威厳も何もなくて」

「だっていつも怠《だる》そうに見学してるし、元旦競歩には彼女連れで来るし、本当に小説書く気あるのかこの人、って思ってたんで」

などと言いながら「じゃあ、この一番高いのにします」と遠慮なく特上海鮮丼を指さした八千代に、確かにこいつは可愛げがないなと思った。

通りがかった店員に、特上海鮮丼を二つと、ついでにアラ汁二つとノド黒の照り焼きも注文する。

八千代が「太っ腹ですね」とわざとらしく拍手してくる。その割に、表情には大きく変化がない。こちらが上手いことのせられているみたいで恥ずかしくなってきた。

でも、店員が運んできた温かいお茶を一口飲んで、八千代は言葉を探すように視線を泳がせた。それだけで、場の空気が変わる。

「寒かった」

「え？」

「レース後半になるにつれて体が冷えて、ラップも落ちて、足が棒みたいになった。あっという間に警告が二つきました。あんなんじゃ、ラストスパートで勝負にならない」

「それが、今日のレースの敗因？」

忍もお茶を一口飲む。八千代は眉間に皺を寄せて頷いた。

「そうなった原因は、前半に龍之介について行こうとしたせいです。自分のペースを守るべきだったのに、頭に血が上ってた」

「速かったもんな、あの長崎って選手。流石オリンピアンだよ」

素直にそう言葉にしてしまって、慌てて八千代の顔を見た。彼は表情を変えることなく、

「そうですね」とお茶を啜った。

「あいつが前を歩いてると、あの背中に呑み込まれそうになるんです。引っ張られて自分も速く歩けるんじゃなくて、呑み込まれて帰ってこられない気がする。だから、そうならないように必死に歩くんです。で、警告を取られる」

「わかるよ」

八千代が、じっとこちらを見てくる。お前に何がわかる、という顔で。

「君は、俺が高校生のときに作家デビューして、天才高校生ってちやほやされて、大学生になった今も好きなことを仕事にして順風満帆の人生を送ってるって思うかもしれないけど……俺にだってあるよ、そういうの」

かつて並んでいたはずの相手が遠くに走って行ってしまったやるせなさも、焦りも、わかる。不当な扱いを受けているわけではない。むしろ相応の場所にいると理解しているのに、腹立たしい。許せない。悔しい。醜い感情に呑まれて、帰ってこられなくなる気がする。

「あるんですか？」

訝《いぶか》しむ八千代に、自然と笑いが込み上げて来た。

「あるさ。スポーツの世界も大変だろうけど、出版業界も、高校生でふらっとデビューして、絶賛スランプ中の作家をちやほやしてくれるほど、優しくもないし景気もよくない」

「俺、先輩はもっとこう、作家だって偉そうに踏ん反《ぞ》り返ってる人だと思ってました」

「大学もモラトリアムを謳歌するためになんとなく通ってるだけとか思ってんだろ」

「はい、思ってます」

きっと、同じ学部の同級生だってそうだ。天才高校生作家だなんて、厄介な肩書きだ。

「正直、作家としての自分に未来を感じてないから。心底、大学に行っててよかったと思うよ。とりあえず大卒の資格は手に入るし、四年になったら普通に就活すると思う」

「普通の仕事をしながら小説を書くんですか？」

「小説が書けなくなって、仕事がなくなる可能性があるから、就職しておきたいんだよ」

亜希子にも、こんな話はしていない。家族にも、もちろん出版社の担当編集にも。

でも、ずっと考えていた。この先、小説を書き続けられるかわからない。書けたとしても作家として生活していけるかわからないし、不安定な道を歩き続ける自信がない。

「そんなに後がないんですか？　榛名先輩って」

「すぐにってことはないけど、五年、十年って続けるのは厳しいんじゃないかって思う」

言いながら、心臓のあたりが鈍く痛んだ。現実を受け入れる痛みとは、少し違った。

暗い話ばかりしすぎたかもしれない。周囲は観光客で賑やかなのに、自分達がいる場所だけがどんよりと空気が淀《よど》んでしまう。

「小説家なんてこんなもんだよ。みんな、自分の面白いと思うものを書きたいと思ってるし、同時に売上げとかも気にするし。売上げとか評判とか、結果からは逃れられないし」

「なるほど」

何故かしみじみとした顔で、八千代が頷く。

「レースの勝敗みたいなもんですね」

テーブルに頬杖をついて、彼は一瞬だけ遠い目をした。多分、今日のレースのことを思い出している。

「結果からは、逃げられないから」

潔さと苦々しさが同居した、虚《むな》しい言い方。賑やかな店内にぽつりと落ちた、黒い染みみたいだった。

「どれだけ言い訳したって、どんな事情があったって、競技の世界では結果がすべてですから。負けは負けだし、四十位は四十位だ」

もしかして、遠回しに八千代の傷を抉ってしまったのだろうか。否定すべきか、慰《なぐさ》めるべきか。上手い言葉を探していたら、タイミングよく店員が海鮮丼を運んできた。

笑ってしまうくらい、具材が山盛りになっていた。

「自分で頼んでおいてなんですけど、ちょっと引きますね、これ」

目の前に置かれた特上海鮮丼を見下ろして、八千代が真剣な顔で言った。ノド黒、サーモン、トロの切り身が花びらのように丼に敷き詰められ、ズワイガニの足とエビの頭が突き刺さっている。その上に、ウニとイクラが山を作っている。

「ここまでくると食べ物じゃなくてアートだな」

アラ汁とノド黒の照り焼きも運ばれてきて、空腹を改めて実感する。

「食べよう。全日本競歩能美大会、お疲れ様。結果に納得いってないなら、残念会だ」

両手を合わせて、箸《はし》を持つ。八千代も同じようにした。

「そうですね、残念会です」

「あと、俺が絶賛スランプ中なのを励ます会ってことで、いただきます」

どこから食べればいいか見当もつかない海鮮丼にとりあえず醬油を掛けて、箸を突っ込む。ノド黒の刺身を米と一緒に搔き込んで、思わず「何だこれ、うま」と声に出した。

「笑っちゃうくらい美味いですね」

八千代が、笑いながら言ってくる。

「一年以上悩んでるのにいいアイデアが浮かばないんだから、美味いもの食わないとやってられないよ」

「先輩は、何を目指してるんですか？」

ズワイガニの身を箸でほじくりながら、八千代が忍を見る。「ていうか、作家って、デビューしたら何を目指すものなんですか？」と。

「そりゃあ、賞を取るとか、大ヒット作を書くとか、自分の本が映像化されるとか……」

言いながら、確かにそれは目指すべきものだけれど、ちょっと違うな、と思った。

「書き続けること」

そうだ。結局、書き続けられないと、どうしようもない。

「売上げも評判も大事だけど、自分と戦い続けることだよ、多分。俺は、ずっと負けてる」

カニの身を丼の上に掻き出した八千代が手を止めて、こちらを凝視した。ああ、きっと、忍と同じことを考えたんだ。

「八千代も、わかるだろ、この感じ」

八千代は今日、自己ベストタイムを出した。でも四十位で、長崎とも勝負できなかった。だから八千代はあんなに悔しがった。辿り着きたい場所に到達できない自分に憤った。彼に、この焦りと恐怖をわかってもらえるような、そんな気がした。

「そうですね」

忍の目を真っ直ぐ見て、八千代は頷いた。そのままカニの身をひょいと口に放り込む。

「その気持ち、よくわかります。身の程知らずだってわかってても、上を目指しちゃう気持ち。届かなくて勝手に焦るのも」

身の程知らずとは、随分な言われようだ。でも、本当にそうだ。誰のせいでもない。俺がこの程度なのは、俺の責任なのだ。だから、こんなに辛いんだ。

「アラ汁」

忍の顔をちらりと見た八千代が、忍の手元にあるアラ汁を指さす。

「温かいうちに飲んだ方が美味しいですよ」

自分だってまだ手をつけてないくせに、そんなことを言ってくる。

そこまで酷い顔をしていたんだろうか、俺は。


集合時間までまだ余裕があったから、金沢駅近くのショッピングセンター内の本屋へ行った。八千代も一緒に来て、棚に一冊だけあった『アリア』を買ってくれた。

レジへ向かう八千代の背中を見送って、忍は店の一等地に並ぶ話題書や新刊をぼんやりと眺めていた。一月に発表になった芥川賞・直木賞の受賞作が並んでいる。

そして、見つけてしまった。

店の中央の柱に、桐生恭詩の名前を。

「お待たせしました」

会計を終えた八千代が戻ってくる。動けずにいる忍に、不審げに首を傾げた。

柱には、大きなポスターが貼られていた。どうやら桐生が五月に新刊を出すらしい。それを告知するポスターだった。

どうしても、比べてしまう。小説を書けずにいる自分に勝手に憤って、勝手に焦る。

「榛名先輩、どうしたんですか？　ほら、買いましたよ。スランプ真《ま》っ直中《ただなか》の先輩の本」

いたずらっぽく口の端を持ち上げて、八千代が店名の入った袋を見せてくる。

うるせえ、お買い上げありがとよ。なんて軽口を叩きたいのに、できない。適当に相槌を打って、店を出た。このまま駅に向かって、適当に土産《みやげ》でも買って、百地さんを待とう。

そう思ったのに、ショッピングセンターを出て駅の方へ歩いているうちに、喉から言葉があふれてしまう。

「なんで作家なんてやってるんだろうって思うときがある」

背後から聞こえる八千代の足音のリズムが、ほんの少しだけ狂う。

「本を読むのは昔から好きだったのに、ここ最近、ずっと怖いんだ。他の作家が書いた本を読むのが怖い。俺の書いた小説より面白い小説を読むのが怖い」

言いながら、気づいた。今日、レース後にアスファルトを殴りつけた八千代を、悔しくて涙を流せる八千代を、羨《うらや》ましいと思っている自分がいる。あんな風に悔しがれたら、悔しがった分だけ前に進める気がするのに。

「いきなり変な話してごめん」

八千代を振り返って、笑った。

「ちょっと、一本電話してから行くから、先行ってて。ていうか、八千代は集合時間まで待つことないんだし、席が空いてたら新幹線のチケット取って帰りなよ。疲れただろ」

先輩らしく彼を気遣うようなことを言って、コートのポケットからスマホを取り出した。

八千代はしばらく黙っていたけれど、「じゃあ、とりあえず先に行ってます」と忍を追い越していった。忍はすぐに、ミナモ館の佐原さんに電話をかけた。

今日が日曜日だと気づいたのは、佐原さんの声が聞こえた直後だった。

「……すみません、今日、日曜でした」

佐原さんは、戸惑った様子で『いえいえ』と返してくる。電話の向こうで、笑いながら首を横に振る姿が思い浮かんだ。

『実は今日も出社してたので、僕は全然大丈夫です。榛名さんこそ、どうかしましたか？』

明るい口調に、こんな話をしていいものかと、一瞬だけ躊躇《ちゅうちょ》した。ああ、でも、言わないと……もう、俺は前に向かって足を出せない気がする。

「佐原さん、『アリア』、ありがとうございました。いい本になったと思います。あんまり売上げは振るってないみたいですけど、俺はいい本が作れたなと思います」

佐原さんと『アリア』の売上げについて語ったことはない。でも、具体的な数字を聞かなくたって、どれくらい売れているのかは予想できる。ネットでの反応とか、書店での扱われ方、毎日更新されるさまざまなランキングから、予想できてしまう。

『そんなそんな、うちみたいな小さいところを選んでいただけただけで光栄ですよ。確かに数字はちょっと厳しいですけど、間違いなく、いい本です』

これが現実だ。俺がいる場所だ。書けない自分をちゃんと見ろ。結果を出せない自分を見ろ。スマホを握り締めて、忍は唇を噛んだ。

書かなきゃ作家でいられない。俺が好きな本の世界は、そういう場所だった。だから、ここで書き続けるしかない。

そこまでして俺はここにいたいんだろうか。自問自答しながら、それでも、忍は書くのを、まだ、やめていない。

『でも榛名さん、突然どうしたんですか？』

「いえ、なんというか……現実をちゃんと受け止めないとなと思って。正直、この一年くらいずっとスランプ気味だったから、佐原さんにはデビュー直後から声を掛けてもらってたのに、いろいろ迷惑を掛けちゃったと思って」

そんなことないですよ。また原稿の依頼をさせてください。忍を元気づける言葉をたくさんたくさん、たくさん言って、佐原さんは電話を切った。

雨の気配はないのに白く曇った空を見上げて、大きく息をついた。風が冷たい。皮膚がひび割れて血が噴き出しそうなくらい、冷たい。

これでどうなるわけでもない。気持ちが突然晴れるわけでも、前向きになれるわけでもない。強いて言うなら、これが、忍なりの《アスファルトを殴りつけること》なのだろうと思う。

「榛名先輩」

突然飛んできた言葉に、忍は肩を竦めた。

振り返ると、八千代がいた。忍からたった数メートルのところに立っていた。

きっと、佐原さんとの電話を聞いていた。

「俺、東京オリンピックを目指してます」

いつも通り静かな表情で、八千代は言った。金沢駅の目の前で、薄曇りの空の下で、負けたレースの直後に、宣言した。

「今日のレースで四十位だった俺が何言ってんだって、みんな思うでしょうけど。競歩で東京オリンピックに出たいと思ってます」

「どうして、東京オリンピックなんだ」

「俺はもう箱根駅伝に出られないからです」

わかんないんですよ。どうしたらいいかわかんないんですよ。でも、何かやるしかないんですよ。だから競歩なんですよ。だから、東京オリンピックなんですよ。

落ち着いた声音で、八千代は繰り返す。言葉を発するたびに、彼が自分で自分の心を切り刻んでいるように思えてしまう。

「なんで、そんなこと俺に教えてくれるんだよ」

「さあ、自分でもよくわからないです。榛名さんの電話を立ち聞きして、魔が差してるんだと思います」

魔が差してる。今日、これまでの距離感が嘘に思えてしまうくらいたくさんの言葉を彼と交わしたのは、そういうことなのかもしれない。互いに、自分の中の処理し切れない憤りや焦りや嫉妬を、同じような事情を抱えた人間に接することで、必死に宥《なだ》めているのかもしれない。

「小説の題材になりそうなら、ご自由にどうぞ」

それじゃあ。

そう言って、八千代は駅へと歩いて行った。鼓門をくぐり、リュックサックを背負った長身は、少しずつ人波に呑まれて見えなくなっていく。

百地さんの声が遠くから聞こえた。集合までまだ時間があるのに、早めに戻ってきたみたいだ。

忍の名前を呼びながら近づいてくる百地さんは、両手に大量の海産物をぶら提げていた。奥さんも大喜びだろう。「よかったらどうぞ」と、忍にウニの瓶詰めをくれた。

「百地さん、俺、競歩小説、書こうと思います」

ひんやりと冷たい瓶を両手で持って、忍は言った。

言った瞬間、胸が少しだけ軽くなって、すぐに苦しくなる。物語を書こうと決心するとは、こういうものだ。

「もっと、競歩について知りたくなって」

どうかこの道の先に、俺を救ってくれる何かがありますように。祈りながら、忍は宣言した。百地さんは「それはよかったです」と笑った。

第三章　二〇一七年　夏・秋

就活、始まる

ドッジボールに向かうクラスメイトを横目に図書室に行くのが、小学生の忍だった。中学の頃は帰宅部で、放課後は図書委員として図書室のカウンターで本を読んでいた。週に一回来ていた司書が人件費削減を理由に来なくなってからは、忍が図書室の棚が荒れないように手入れした。お陰で本を読む量がグンと増え、自分でも小説を書くようになった。

だからというわけではないが、とにかく暑いのが苦手だ。

額の汗を拭った。木漏れ日が、真っ黒なスラックスに斑《まだら》模様を作る。綺麗だけど暑い。夕方になっても気温が下がらない。すぐ側の木で蟬《せみ》が鳴いているみたいで、けたたましくて右耳がじんじんしてきた。

風の音と蟬の声。夏の匂いの向こうから、規則正しい足音が聞こえてくる。

すっかり見慣れた競歩のフォームで八千代が歩いてくる。キャンパス内の遊歩道をコースに見立てて練習しているのだ。木陰のベンチに腰掛けているだけでもうんざりする暑さなのに、彼はこのコースをもう10キロ近く歩いている。

八千代が前を通過すると同時に、忍はストップウォッチのボタンを押した。

「42分39秒07」

同時に、傍らに三脚を立てて回していたビデオカメラを止める。慶安大学陸上部というラベルは、剝《は》げてもう読めない。

少し先で歩くのをやめた八千代が戻って来る。タオルとスポーツドリンクを投げてやると、彼は礼を言ってタオルを頭から被った。ペットボトルを開けて、中身を呷《あお》る。

「40分にはまだ遠いな」

ストップウォッチを八千代に渡すと、彼は「そうですね」と渋い顔をした。

「ていうか、これじゃあ参加標準記録も満たしてないですよ。入賞争いどころじゃない」

「関東インカレでちゃんとクリアしたんだからいいじゃん」

一ヶ月と少し前、関東学生陸上競技対校選手権大会（関東インカレ）が開催され、八千代も慶安大学の競歩選手として出場した。四月の記録会で関東インカレの参加標準記録を突破できたのだ。

その関東インカレで八千代は日本学生陸上競技対校選手権大会（日本インカレ）の参加標準記録をクリアした。学生アスリートの頂点を争う大会への出場資格を得たのだ。凄いことなのだと、飛び跳ねて喜ぶ福本の隣で実感した。

八千代が目指すのは、日本インカレで八位以内に入ること。つまり入賞することだ。長崎龍之介も出場するし、能美でのリベンジを果たす絶好の機会だ。

——と言いつつ、実際問題として勝負になるのかと考えると、現実は厳しい。

忍は膝の上でファイルを開き、去年の日本インカレのリザルトに目を通した。男子10000m競歩の去年の優勝者は、40分20秒台でゴールしている。

八千代のベストタイムは41分56秒だから、去年だったら十三位だ。ちなみに、去年日本インカレに出場した長崎龍之介のタイムは、40分29秒57だった。

能美から帰ってから忍なりに競歩を勉強した。競歩の日本記録、日本学生記録、各種大会の記録を頭に入れるだけで、八千代が選手としてどれくらいの位置にいるのか、長崎との実力差がどれほどなのかが理解できてしまう。

「わかってますよ」

リザルトを見つめたままの忍に、八千代の呆れたような溜め息が降ってきた。

「俺は、龍之介をライバル視してる場合じゃないって」

「いや、誰もそんなこと言ってないじゃん」

「顔にべったり書いてありますよ。先に乗り越える壁があるだろって」

「でも、長期目標は大きい方がいいだろ？」

長崎龍之介を追いかけ、追い越して、東京オリンピックに出る。そのための第一歩として、まずは日本インカレで結果を出す。それが八千代の目標なのだから。

「どうでした？」

忍が回していたビデオカメラの映像をチェックしながら、八千代が聞いてくる。

「ここで見てた限りは、大丈夫だったと思うけど」

新年度が始まってから、ときどき八千代の練習を手伝うようになった。キャンパス内を歩く八千代をビデオに撮って、膝が曲がってないか、両足が地面から離れていないか目視で確認し、歩型が崩れたら注意してやるという、本当にささやかなものだ。

競歩の練習は、長距離走の選手がやる練習を《歩き》に置き換えたものが多い。

競歩に必要な腕の振り方や足の運び方を訓練するドリル・トレーニング。長い距離をゆったり歩くストロール（ジョギングみたいなものだ）。徐々にスピードを上げていくビルドアップ・トレーニング。速いペースの歩きとゆったりした歩きを繰り返すインターバル・トレーニング。長い距離を歩くロング歩。筋トレ。どれも一通り付き合った。

「俺の目、あんまり信用するなよ。俺がわかってないだけで、本番じゃベント・ニーとかロスコン取られちゃう歩型かもしれない。それこそマネージャーに頼めばいいのに」

「長距離チームにかかり切りですから、俺に付き合わせるのも悪いでしょう。それに、榛名先輩、意外とちゃんと勉強してるみたいだから。チェック厳しいし」

先輩の忍に生意気な口を利く割に、チームメイトには妙な気を回す。練習を手伝うようになって早三ヶ月たつが、こういうところはまだよく理解できない。

映像を一通り確認した八千代は、「ありがとうございます」と丁寧に礼を言ってきた。

「そういえば、もう内定出たんですか？」

忍の身につけたワイシャツとスラックス、ベンチに投げ捨てられたジャケットと、重いくせにたいしてものの入らないリクルートバッグ。八千代がそれらに順々に視線をやる。

「出てるように見える？」

「残念ながら見えないです」

「ご名答だよ」

三月一日に、来年三月に卒業する大学生を対象とした採用活動が解禁された。忍は四月に入ってから本格的に就職活動を始めた。

出版社の編集者は一様に口を揃えて忍に「就職した方がいい」と言う。「会社員経験は小説に活きるから」と言う人もいれば、「専業作家は大変だから」と言う人もいる。

「じゃあ、どういうところを受けてるんですか？」

「出版とは関係ないところ」

食品、電子機器、医薬品、衣料品、ソフトウェア、通信……就活サイトを眺めながら、なんとなく知っている会社や、人気がある会社に応募して、エントリーシートを提出して、筆記試験を受け、面接試験を受けた。

「作家やってることは書類にも書いてないのに、意外と面接でばれるんだよ」

「元天才高校生作家だって？」

「おう、本名でデビューした報いだな。学生の名前、向こうもネットで検索してから面接してるんだろうな」

作家であることが面接中にばれると、「いくらぐらい稼いでるの？」なんて下世話な質問をされる。最終的には「結局作家として仕事をしていきたいんでしょ？」「要するにうちは腰掛けってわけね」なんて言葉が飛んでくる。

忍は、「そうですね」とも「違います」とも言えない。

それを経験するたびに、やっぱり自分は小説家であり続けたいんだな、と思う。だからイマイチ就活に身が入らない。同級生達のように、授業を休んでまで説明会や採用試験に参加するほどがむしゃらになれない。

ちゃんと就職しよう。安定した収入を得て、その上で小説を書こう。その方が焦らずに済む。未来に怯《おび》えずに済む。そう思っていたのに、結局七月になってもだらだらと就活を続けている。

「俺、もう少しストローしてから上がります」

ベンチにタオルとペットボトルを置き、八千代はゆったりとした足取りで遊歩道を歩き出した。ストローとは《散歩》を意味するストロールの略だと聞いたけれど、散歩とは到底思えないスピードで歩いて行く。

遊歩道沿いに植えられた木々の向こうに彼の姿が見えなくなって、忍はポケットからスマホを取り出した。ちょっと目を離した隙に、就活サイトから何通もメールが届いている。貴方《あなた》にオススメの企業一覧だとか、〇〇社が説明会をやるぞとか。

「どうしたって、小説書く以外何もできないんだよな」

就活生になって、思い知った。自分には、作家であることを除くと何もない。

またメールが来た。先日エントリーシートを提出した企業からの面接の案内だった。詳しく確認せず、そのままスマホをポケットに突っ込んだ。代わりに、ビデオカメラを再生した。

全身を鞭のようにしならせて歩く八千代の姿が、小さな液晶画面に表示される。

インカレでは競歩は10000m、つまり10キロの部門しかない。距離が短くなればなるほどスピード勝負になるから、ここのところ八千代はインターバルを中心にスピードを鍛える練習ばかりしている。

定められた歩型の中で、最大限に体を動かし前へ進む八千代の姿を眺めながら、気がついたらその場で競歩の真似事をしていた。

繰り出した足は、接地の瞬間から地面と垂直になるまで膝を伸ばしていること。

どちらかの足が常に地面に接していること。

その二つを意識し、あとは映像の見様見真似で歩いてみる。

アスファルトで舗装された平らな歩道を、靴の踵《かかと》がこつん、こつんと鳴らす。硬く窮屈な革靴で、忍は10mほど進んだ。

腰を左右に揺らし、軸足に体重をのせて体を支える。背筋は真っ直ぐでないといけないのに、気がつくと猫背になってしまう。

理屈じゃわかるが、実際にやると難しい。人間本来の《歩く》行為とは全然違う。

「軸がぶれっぶれですよ」

背後から聞こえてきた言葉に、足を止める。地面を薄く削り取るような静かな足音と共に、八千代が忍の隣に来る。設定したコースをあっという間に一周してしまったらしい。

「もっと流れに乗るんです」

八千代がその場で腕と足を前後に動かし、フォームの見本を示してくれた。カメラを近くの木の根元に置いて、八千代の動きを真似た。

「体に変な力が入ってるとリズムに乗れないから、肩とか、腰とか、もう少しリラックスした方がいいですよ。足だけじゃなくて、全身で歩くイメージです」

再び歩き出した八千代の斜め後ろで、忍は彼と同じ動きをする。歩型が保たれていれば、腕と腰の動きに合わせて自然と足が前に出る。体が前に進む。

たいしたスピードは出ていないが、それでも汗ばんだ額に受ける風が心地よかった。

「ロス・オブ・コンタクトとベント・ニーって、どうして存在すると思います？」

歩きながら、八千代が聞いてくる。

「考えたこともなかった」

「左右の足が地面から離れる。足首や膝のバネを使って地面を蹴る。これが《走る》という行為に必要だからです。膝を曲げないで速く歩くには、腰を使う必要があります。腰を上手に動かせば歩幅が大きくなって、体が前に出る」

言われるがまま腰の動きに注意を払うと、確かに、腰の動きが大きくなると足がスムーズに前に出る。わずかながら、歩くスピードが上がった。

「体重を支える方の足を支持脚《しじきゃく》っていうんですけど、支持脚の外側のくるぶしの下に体重をかけると、エネルギー効率がいいです。支持脚をできるだけ外側に倒して歩くんです」

「ちょっと待って、いきなり言われて『はい、そうですか』ってできるわけないじゃん」

立ち止まって、外側のくるぶしに体重をかけてみた。その場で足踏みをすると、八千代に「膝はもっと内側に入れるイメージです」とアドバイスされ、もう一度歩き出す。

自分の歩き方が、何度も見てきた「競歩の歩型」になった。不可思議で作りものめいた、ルールに縛られた独特のフォーム。見ているのと実際にやるのとでは感覚がまるで違う。ルールという鎖で雁字《がんじ》搦《がら》めにされて見えた歩き方は、地面を足の裏だけでなく、体全体で踏みしめている感覚だった。

八千代と共にコースを一周する。彼からすればかなり遅いペースだろうが、忍は汗をびっしょり掻いた。

息が上がって、もといたベンチに崩れ落ちる。太腿の後ろ側が痛い。腹筋も痛い。普段碌に使わない筋肉が、「いきなり働かせやがって」と悲鳴を上げていた。

「これで20キロ歩くとか頭おかしいだろっ。馬鹿じゃねえの！」

「俺からすれば、原稿用紙何百枚分も文章を書く先輩の方が『馬鹿じゃねえの』ですよ」

八千代が、口の端でわずかに笑う。

「どうです？　競歩小説の参考にはなりそうですか？」

三月に百地さんに「書きます」と宣言した競歩小説だが、具体的な展開は何も思いついていない。競歩で何を描くのか、どう書くのか。まだ見えない。

「とりあえず、あの歩型が速く歩くために必要なものなのだとわかった」

「随分時間がかかりましたね」

呆れたという顔で、八千代は吹き出した。今度はわかりやすく肩を揺らして笑った。

そして、不意に「そういえば」と口を開く。

「読みましたよ。時間かかっちゃいましたけど、先月くらいに読み終わったんです」

何の話を始めたのか、一瞬、理解できなかった。

「最初、主人公が面倒な性格で好きになれなかったんですけど、中盤の二度目の修学旅行と四度目の文化祭あたりから面白くなっていって、後半は一日で一気に読みました」

あの小説は――高校を留年した主人公が、二度目の高校三年生を過ごす一年間を描いた。

「高三の一年間は一度しかないから大切なものだったはずなのに、二度目があったからこそ主人公は一度目の貴重さに気づくし、二度目の……尊さ？　ありがたさ？　を知るっていうのがいいというか、とりあえず面白かったですよ」

「……それって、『アリア』のこと？」

絞り出した声が、笑ってしまうくらいか細くて、笑えなかった。

「いや、何の話だと思って聞いてたんですか」

奇妙な生き物でも見るような顔で、八千代が言う。

面白い小説だと思って、送り出した。でも、結局小説を書くのはしんどくて、気が進まなくて、本を読むのは怖いままだった。『アリア』という本に、自分の手で「失敗作」という烙印《らくいん》を押してしまった気分だった。

そんなことばかりをこれから繰り返していくんだと、本当にお前はそれでいいのかと、就活をしながら自問自答し続けてきた。

「あの、なんでそんなしんみりした顔をするんですか。たかが感想で」

眉を顰《ひそ》めた八千代に、忍はやっとのことで笑みを作った。「たかが感想か」と、喉の奥で呟いた。

「俺、しんみりしてる？」

「してますよ。こんな感想で感慨にふけらないでください。俺、友達多くないんで。俺が面白いって言ったところで口コミで広まったりしませんから、期待しないでください」

今度こそストローしてきます。そう言って八千代は踵を返した。振り返ることなく、先ほどよりずっと速いペースで歩いて行ってしまう。

「ごめん！」

その背中に向かって、忍は声を張った。

「『アリア』の感想を編集者でも身内でもない人から聞くの、初めてだったから」

確かに、八千代一人が「面白かった」と言ったところで何も変わらない。でも少しだけ、本当に少しだけ、胸が楽になった気がした。

「というわけで、ありがとうな！」

八千代は振り返らなかったが、右手を小さく上げて、忍の声に応えた。

＊＊＊

「凄い、忍が日に焼けてる……」

二週間ぶりに会った亜希子は、忍の顔を見るなり目を丸くした。

「最近、八千代の練習手伝ってるから、そのせいかも。あと、就活で外歩き回ってるし」

「こんな暑い中スーツ着て歩くんだもん、大変だよね。ていうか痩せたよね、忍」

そう言う亜希子も、春から夏にかけてちょっとやつれた気がする。夜の新宿を歩く亜希子の後ろ姿からは、じんわりと疲れが滲み出ていた。

亜希子とは、大学四年に上がってから顔を合わす頻度が減った。医学部の彼女はテストと実習に追われている。碌に学校に来ないで就活に明け暮れる学生ばかりの文学部とは、別世界だった。

テストが一山越えたから、景気づけに薬膳鍋《やくぜんなべ》を食べに行きたい。亜希子からそんな連絡が来たのは昨日の夜だった。

四年で卒業してしまう自分と、六年生まである亜希子とでは、時計の進み具合が随分とずれてしまったようだ。

駅から徒歩五分ほどのところにある店に入り、棗《なつめ》、生姜《しょうが》、龍眼《りゅうがん》、枸杞《くこ》の実といった漢方食材が浮かぶ鍋をぼんやりと眺めながら、そんなことを思った。

「忍、就活どうなの？」

「内定出てたら亜希子に報告してると思わない？」

二人掛けのテーブルの中央には、鍋が一つ。鍋は真ん中で仕切られ、白湯《パイタン》スープと麻辣《マーラー》スープが沸騰している。泡に躍らされて、枸杞の実がくるくる回る。

「あんまり熱入れて就活してないから、内定出なくて当然なんだけどな」

「忍は他のみんなとは違ってもう仕事してるんだから、焦らなくてもいいんじゃないの？　専業作家って道だってあるし」

ふふっと笑って、亜希子が豚肉の薄切りと野菜を鍋に入れる。専業作家なんて絶対に嫌だ。忍がそう思っているとわかっていて、彼女はあえて言っている。

「しばらく本を出す予定もないし、このまま卒業したら立派なニートの出来上がりだよ」

「文芸誌に短編載せてなかったっけ？」

一月に『アリア』を出したあと、玉松書房の発行する文芸誌「文藝松葉」に短編小説を寄稿した。短いながらも小説の仕事があることで、小説家でいられる。それが就職活動に一生懸命になれない自分の鎧《よろい》にもなっている。

「忍、お肉、もう食べられる。早く食べないと硬くなる」

直箸でいいよね？　と互いに断って、豚肉を小皿に取って、食べる。棗なのか生姜なのかはたまた枸杞の実なのか、体を突き抜けるような辛味と独特の香りがした。

「うはあ、辛っ、でも美味しい、元気出る」

冬には四年生を対象とした全国的な試験が待ち受けているという亜希子は、肉を咀嚼して、うっすらとできてしまった隈《くま》を絞り出すみたいに目を閉じる。亜希子に好きなだけ食わせてやろうと、忍はゆっくり顎を動かした。

「忍は、大学院進学は考えてないの？」

「大学院？」

「そう。大学院で勉強しながらじっくり小説書くって手もあるかなと思って」

考えていなかったわけではない。大学の学費も一人暮らしの生活費もすべて印税で賄《まかな》ったし、大学院の学費も恐らく捻出できる。両親も駄目とは言わないだろう。

「忍、ずっとスランプだースランプだーって言ってるから、このまま適当なところに就職しちゃったら、仕事が忙しくなってますます小説が書けなくなるんじゃないかと思って」

興味も関心もない会社に滑り込んで、自分と周囲を誤魔化し誤魔化し、生きていく。次第に小説を書かなくなり、天才高校生作家と持て囃《はや》された記憶を肴《さかな》に、不味《まず》い酒を飲む。

そんな生活は酷く色褪《いろあ》せて思えて、「地獄だな」と呟きそうになった。

「それに、私はあと二年、学生だから。忍が大学院に二年通えば、卒業が同じ頃になる。私は気軽に忍をご飯に誘える」

亜希子が白湯スープからシイタケを取り上げ、ひょいと口に入れる。一体、どこまで本気で言っているのか。

厳しい現実を目の当たりにしながらも戯《たわむ》れていられるこの感じは、嫌いではないけれど。

「考えてみるよ、大学院」

「変なところ就職するより、ずっと有意義だと思うよ、私は」

あ、ラム肉、もういいんじゃない？　と亜希子が言い、二人で鍋を突《つつ》く。豚肉、ラム肉、春菊にシイタケに豆腐。口に入れるたびに、香辛料の香りが強くなっていった。

「最近行ってないね、ブランカ」

亜希子がふいにそう言って、最後にあのレトロな喫茶店に行った日を思い出そうとした。

「もしかして、五月の連休明けに行ったのが最後か？」

「そうかも。最近、忙しくて外でランチしようって思えなかったし」

あの店のビーフカレーが、ふと懐かしくなる。一人で行ってもいいのだけれど、亜希子がいないと何故か行こうと思えない。同じ学部の友人とは学食で食べることが多いし、それ以外で一緒に食事に行くのは福本くらいだ。彼女は頑《かたく》なにラーメン屋にしか行かない。

ふと、亜希子に『アリア』は読んだか、と聞きたくなった。亜希子は忍の本が出るたびに発売日に買ってくれるけれど、わざわざ感想なんて言ってこない。

小っ恥ずかしいというか、「何を今更」という気分にお互いなってしまう。感想をいちいち求める面倒な奴と思われるのも嫌だし、弱っていると思われるのも、嫌だ。

煮えすぎて硬くなった豚肉を奥歯で嚙み切りながら、来年の三月に自分はどうなっているか考えた。

せめて、今より少しはマシな気分になっていてほしいと、心から思った。

ロンドン

「ロンドンは、そんなに暑くないんですね」

すっかり冷めてしまったピザを齧りながら、忍は呟いた。

八月だというのにロンドンの気温は二十度程度らしい。テレビに映る街並みは過ごしやすそうで、猛暑の東京に暮らす身としては実に羨ましい。

「向こうだと、八月は夏の終わりだと聞いたことがあります」

テーブルを挟んで反対側の椅子に腰掛けた百地さんが、そんなことを教えてくれた。

「そうなんですね」と相槌を打ったら、画面が切り替わった。

「あ、日本代表ですね」

炭酸ジュースの注がれた紙コップを片手に、百地さんが椅子から身を乗り出す。

テレビ画面の向こうには、黒と臙脂《えんじ》のユニフォームを着た日本代表選手が二人。スタート直後からずっと一緒にペースを作って歩いている。

ロンドン世界陸上の男子50キロ競歩が、遠く離れたイギリスで今まさに行われている。コースを取り囲む観客の服装は半袖が目立つが、爽《さわ》やかな風が並木道に掲げられたユニオンジャックを揺らしていた。

世界陸上を玉松書房の会議室で観戦しましょうと言い出したのは、百地さんだった。世間はお盆休みだというのに、玉松書房では何人もの社員が仕事をしていた。

競歩小説のプロットをいい加減持って来いと言われるかと思いきや、百地さんは会議室にデリバリーピザとスイカを用意して楽しそうに忍を待っていた。

男子50キロ競歩は日本時間の午後四時頃スタートし、夜八時近くまで行われる。

全日本競歩能美大会で世界陸上の切符を摑んだ長崎龍之介が出場する男子20キロ競歩は、今日の夜十時過ぎにスタートだ。そちらは帰宅してからチェックすることになるだろう。

時刻は六時半を回り、上位の選手は30キロ地点を通過した。その中には先ほど中継に映った日本代表の二人もいる。

「日本代表、三人ともいいんじゃないですか？」

百地さんの言う通り、50キロに出場している三人の日本代表選手は、かなりいい位置を歩いていた。このまま行けば三人とも入賞ラインだ。

「日本人がメダル獲得なんてことになったら、盛り上がりそうですね」

マイナー競技が一躍大人気スポーツになるかもしれない。なんて思いながらピザの耳を口に放り込んだときだった。

会議室のドアのガラス窓から、こちらを覗き込んでいる男がいた。ピザの耳を咥《くわ》えたまま忍が会釈すると、その人はゆっくりとドアを開けて入ってきた。

「なんか楽しいことやってる」

腹の底から息を吐き出すようにしてテーブルに突っ伏した彼の顔には、覚えがあった。ほら、あの人、あの人……頭の中で呟いて、記憶の底から名前を引っ張り出す。

「……真咲真人《まさきまさと》さん」

忍が文藝松葉新人賞を受賞する二年前に、同じ賞からデビューした作家だ。贈呈式のときに一度顔を合わせた。

パーマがかかった黒髪を掻きむしりながら、真咲さんは「へえ」と目を瞠った。Tシャツにハーフパンツという、部屋着のような格好をしている。

「俺のこと覚えてくれてたんだ。ありがてえ」

忍の隣に腰掛けた彼は、「これ、もらっていいですか」と余っていたピザを指さした。

「どうぞ」と紙製の箱を寄せてやると、嬉しそうに冷め切ったピザにぱくついた。

「真咲さん、こんな時間にどうしたんですか？」

百地さんが聞く。硬くなった生地を嚙み切りながら、真咲さんは渋い顔で笑う。

「来月頭に出る新刊、まだ校了してなくて。昨日今日と隣の会議室に軟禁されてゲラをチェックしてたんです。さっき印刷所に戻しました。ぎりぎり間に合いそうです」

あっという間にピザを飲み込んだ真咲さんが、忍を見る。何故かサムズアップされて
「榛名さんもお気をつけて」と下手くそなウインクをされた。

「ていうか、百地さんと榛名さんこそ、お盆に何してるんですか？」

競歩のレースが続くテレビ画面を見やって、真咲さんが聞いてくる。どう説明したものかと一瞬だけ迷って、忍は苦笑いを浮かべた。

「ちょっと、次の小説のネタになりそうだったんで」

「え、世界陸上が？　榛名さん、スポーツ小説書くんですか？」

競歩を題材に小説を書こう、とは思ったけれど、果たしてそれはいわゆる《スポーツ小説》というやつなんだろうか。今更のように思って、忍は言葉に詰まった。

「ていうか、マラソンかと思ったらこれ、競歩じゃないですか。競歩で書くんですか？」

こうなった経緯を頭から説明していると、真咲さんの担当編集が牛丼屋の袋を抱えてやってきた。ピザとスイカを食べたあとに牛丼を二杯も搔き込む真咲さんを横目に、レースはいよいよ35キロ地点を過ぎた。

日本代表の一人が自分と同じ大学出身と知った真咲さんが張り切って応援し始めると、

休日出勤していた玉松書房の社員達が会議室に集まってきた。

七時過ぎにレースは決着がついた。金メダルはカナダの選手で、日本代表の二人はラスト5キロで順位を落とし、最終的に一人が六位入賞、残り二人がそれぞれ十位と十一位でレースを終えた。

「うわあ、惜しかった！　最後もうちょっと粘れたらなあ！」

スイカを齧りながらテレビの前で「惜しい！」と繰り返す真咲さんの背後から、忍はテレビ画面を見つめた。

メダルが手が届くところにあったのに、届かなかった。日本人選手は三人とも悔しそうに眉を寄せていた。レース直後だというのに、敗因を冷静に日本メディアに対して語っている。

みんな、一様に同じことを言った。

――三年後の東京オリンピックを目指して、もっと力をつけていきたい。

八千代と同じように、「東京オリンピック」を目指していると、口にした。

眩しい、と思った。直視できない。堪らなく、羨ましい。

玉松書房を出たのは八時過ぎだった。真咲さんも自宅が中央線沿線だと言うから、一緒に地下鉄に乗った。飯田橋《いいだばし》で乗り換えると、日曜の夜だけあってどの車輛も空いていて、二人で隅の席に腰掛けた。

「ああ〜二日ぶりに家に帰れるぅ……」

「え、家にも帰ってなかったんですか？」

「担当に『終わるまで家に帰さない！』って宣言されて、会議室で寝袋で寝てた。榛名さんは軟禁も缶詰も経験ないでしょ。なんかそんな感じする。真面目っていうか、ちゃんとしてるっていうか」

「そうですかね。ちゃんとしてますかね」

「文藝松葉新人賞の贈呈式から思ってたよ。高校生だけど、俺よりちゃんとしてるって」

贈呈式で真咲さんに会ったことは、ぼんやりとしか覚えていない。受賞したことが、作家デビューできることが夢のようで、現実味がなかった。

「榛名さんがデビューしたとき、現役高校生だって聞いて焦ったもんねー。若くて才能のある奴が出てきちゃったなあ、って」

「そんなことないですよ」

若さなんて、一年一年失われていく。才能は——果たして自分に才能なんてあるのか、今となってはわからない。

高校生だったから。若かったから。みんなが持て囃してくれて、そのお陰で本が売れて、自分は才能があると勘違いしていただけだったのかもしれない。

「今年の初めに出した本もあんまり売れませんでしたし、最近調子悪いです」

「そんなこと言ってさあ、俺より全然売れてるじゃん。俺、デビュー作がそもそも売れなかったから、なんとか五年は踏ん張れたけど、十年目はどうなるかわかんないよ」

あーあ、来月の新刊、なんとか売れてくれないかなあ。宙に放り投げるように呟いた真咲さんに、忍は「十年かあ……」とこぼした。

「榛名さんは俺の二年後の受賞だから、今、三年目？」

「九月で丸四年ですね」

「そうか、じゃあ結構速いペースで書いてるんだね」

「でも、ただ書けばいいってものじゃないよなって、最近思うようになりました」

「そう？　依頼が来るだけ幸せよ？　書かなきゃ生活できないんだし」

真咲さんは、確か忍より十五歳年上だったはずだ。ということは、三十六歳くらいか。年齢のせいなのか、忍より二年長く作家をやっているからか、「売れてない」と言う割にどこか冷静で、現実を冷ややかに悟っているのが無精髭《ぶしょうひげ》の生えた横顔から伝わってくる。

「本って売れねえよなあ」

電車が駅に止まり、ドアが開く。その音に重ねるように、真咲さんが笑いながら言った。

「俺、作家になってみてわかったよ。本って売れねえんだなあ、って。わかるよ、本読まなくても生きていけるもん。スマホ一台あれば、情報も娯楽も何でも手に入るもん」

そうだ。確かに、そうなのだ。なのに、俺は作家をやっている。本がなくても生きていける人がたくさんいる世界で、本を作る人間になった。

作家になるのと、作家として生き続けるのは訳が違うんだよなと、真咲さんの話を聞きながら思う。

「俺、小説を書くのが好きで作家になったわけじゃないんだよ、実は」

自嘲気味に言う真咲さんの顔を、忍はじっと見た。

「もともと自己顕示欲が強い方で、承認欲求も強くて、それを満たせるのが小説を書くことだっただけ。榛名さんは違うでしょ？　小説書くのが好きで書いてる人でしょ？」

小説を書くのが好き？　ああ、確かに好きだった。だから作家デビューできて嬉しかった。

今はどうだ。俺は、小説を書くのが楽しいんだろうか。

「榛名さんはきっと、自分以外の人類が滅んじゃっても、小説を書いてるタイプだよね。自分のために小説を書ける人」

「それって、いいところなんですかね」

「俺がそうじゃないから、そういう人が羨ましいのかもしれないけど。俺、読んでくれる人がいなくなったら小説なんて書かないから」

自分のために小説を書くだけでいいなら、作家になる必要なんてない。むしろ、真咲さんのような人の方がずっと作家に向いているのかもしれない。

電車が歪《いびつ》に揺れて、忍は窓の外に視線をやった。途端に視界がネオン看板や建物の照明で賑やかになる。蒸し暑い夜の空気に光が滲んで見える。

「悪いね、榛名さん」

同じように外を眺めながら、真咲さんが鼻を鳴らすように笑った。

「新刊を出す前って、俺、こうなんだよ。売れるか売れないか、どっちかなーってぐるぐる考えて、売れてくれ売れてくれって願いながら、でも本って売れないもんなあ、なんでこんなことしてんだろーって、自分で自分を笑いたくなる」

忍が降りる駅には、それから数分で到着した。真咲さんとは今度飲みに行く約束をして、名刺をもらった。

駅から家までの道中に、名刺に書かれていた真咲さんのSNSを覗いてみたら、玉松書房に軟禁されている様子が写真付きで楽しそうに紹介されていた。フォロワーからも応援コメントがたくさん書き込まれている。

先ほどの様子とはあまりにギャップがあって、彼は彼できっと大変なんだろうなと、忍は赤信号を見つめながら天を仰いだ。

星なんてちっとも見えない空を見上げて、何故か八千代からもらった『アリア』の感想を思い出した。

帰宅してから、男子20キロ競歩をテレビで観た。

全日本競歩能美大会で優勝し、ロンドン世界陸上に日本代表として出場した長崎龍之介は、まさかの三十位だった。ゴールと同時にその場に倒れ込み、担架《たんか》で運ばれていく様子に、忍はテレビの前で呆然《ぼうぜん》とした。

男子50キロで日本がメダルを逃したのは、残念だった。日本代表とはいえ、易々とメダルに手が届くものではないのだと、改めてスポーツの厳しさを実感した。

でも、それ以上に、八千代を軽々と負かした長崎の敗北は、絶望的だった。

八千代もきっとこの中継を見ている。彼が今どんな気持ちでいるのか、忍は推《お》し量《はか》ることができなかった。

＊＊＊

「今更だけど、福本さんはどうしてそんなにラーメンが好きなの」

本当に今更だと思いながらも、目の前で大口を開けて麺を啜ろうとした福本に問いかけた。口を開けたまま、福本が「はい？」と忍を見る。

「俺、福本さんとラーメンばかり食べてる気がするんだよ」

「そりゃあ、ラーメン以外誘ってないんで当然ですね」

大学の図書館で調べ物をしていたら、福本に「やっぱり図書館にいた！」と肩を叩かれ、そのまま昼を一緒に食べることになった。

オープンしたばかりだというキャンパスの近くのラーメン屋は、魚介系と動物系を合わせた濃厚スープが自慢の店のようだ。九月になってからも続く猛暑に、忍は大人しく冷やし中華を頼んだ。

「記者は機動力が命です。ラーメンはもってこいのエネルギー補給だと思いませんか？　あと美味しい。上京して本当に幸せだと思うのは、毎日食べても食べきれないくらいのラーメン屋があることです」

「全身の血液がラーメンのスープになって死ぬぞ、そのうち」

といっても、福本の体形は初めて会った一年前と変わらない。不摂生をしているようにも感じられないから、本当に効率のいいエネルギー補給なんだろうか。

そこまで考えて、彼女と出会ってもう一年たつことに衝撃を受けた。八千代と出会ってからも一年、競歩の取材を始めてからも、もうすぐ一年ということになる。

筆の速い作家なら、原稿を書き上げていてもおかしくない時間だ。

「ていうか、聞いてくださいよ榛名さん！　うちのスポーツ班の班長ったら酷いんですよ！」

福本がわざわざ図書館まで忍を探しに来てラーメンに付き合わせたのは、何やら愚痴を言いたかったかららしい。

「日本インカレ、八千代先輩のことを小さい記事でいいからねじ込もうと思ったのに！　班長に突っぱねられました！」

ずるずると麺を啜り、福本が鼻を鳴らす。図書館に来たときからずっとカッカしていると思ったら、そういうことか。

「そりゃあ、別に優勝したわけでもないしな」

ちょうど一週間前、日本インカレが福井県で三日間にわたり開催された。

男子10000m競歩は二日目の午後六時スタートで、三十八人の選手が出場した。生憎《あいにく》、「文藝松葉」に掲載する短編の締め切りと重なってしまって、忍は現地に行くことができなかった。自宅で執筆しながら、ライブ配信をチェックした。

八千代のレース運びは悪くなく、7キロ過ぎまで先頭集団に食らいついていた。でも、ラスト2キロで二人の選手が飛び出した。そのうちの一人が長崎龍之介だった。ロンドン世界陸上の雪辱だとばかりに凄まじいスピードで歩き、一位でゴールした。八千代は追いかけることすらできず、42分35秒41の十七位でレースを終えた。

一位の長崎のタイムは、38分17秒38。大会新記録だった。日本記録まで15秒ほどという好成績。好走――いや《好歩》に会場からは拍手が湧いた。

「確かに十七位って微妙な成績に聞こえますけど、本格的に競歩を始めて一年の選手が、日本インカレで十七位ですよ？　誰でもできることじゃないです。八千代先輩、この一年本当に頑張ったんですよ！　学生新聞でスポット当てるくらいいいじゃないですか！」

どん、どん、とテーブルを叩くものだから、周囲の客と店員が一斉にこちらを見た。まあまあと彼女を宥めながら、「それは俺もわかってるから」と冷やし中華のゆで卵を福本のラーメンにのせてやる。意外にも、それで少し溜飲が下がったみたいだった。

「そりゃあ、駅伝チームからはインカレ優勝者が出たし、他の運動部もいい成績を残したから、そっちに紙面を割きたいのはわかるんですけど……」

「しかも、世間は男子１００ｍの日本記録で大フィーバーだしな」

男子１０００００ｍ競歩がスタートするおよそ三時間前。男子１００ｍ走の決勝で９秒98という日本記録が叩き出され、夜のニュースはそれ一色だった。

「長崎龍之介の優勝すら掻き消えましたからね、９秒98で」

忍がやったゆで卵を口に放り込んで、福本が肩を竦める。ぐでーっとうな垂れて、そのまま溜め息をついた。

その様子に、これまた今更ながら、疑問に思った。

「ねえ、福本さんって、もしかして八千代のことが好きだったりする？」

福本のリアクションは見事だった。ぶぶっと吹き出したかと思ったら、ラーメンのスープとゆで卵の欠片《かけら》が口の端から飛んできた。

「うわっ、汚ぇ！」

慌てておしぼりで顔に飛んできたスープを拭った。テーブルに飛び散った卵の黄身を拭き取ると、普段は生意気な口ばかりを利く福本も、両手で顔を覆って「ごめんなさい……」と謝ってきた。

その口振りと、指の合間から覗く赤くなった頬だけで、答えとしては充分だった。

「やっぱり好きだったんだ」

「どうしてわかったんですか！」

「いや、わかるよ。八千代のことずーっと気にしてるじゃん。学生新聞の記者にしたって気にしすぎじゃん」

まさかと思ったのは、能美のレースだ。八千代のことを「応援してあげてください」と頼んできた彼女の声に、とても切実な何かを感じたから。

「くそう、流石は元天才高校生作家。人間の心の機微をこんなに容易《たやす》く見抜くとは……」

「作家であることは一切関係ないと思う」

テーブルが綺麗になったのを確認すると、惨状を目撃したのか、店員が新しいおしぼりをくれた。改めて箸を持った忍に対し、福本は投げやりな様子でテーブルに頬杖をついた。

「はーい、観念します。好きですす好きです、高校の頃から好きです」

「高校、って……接点は？」

「あれ、言ってませんでしたっけ？　私、八千代先輩と同じ高校なんですよ。私も高校まで短距離やってて、同じ部で一緒に練習してたんです」

箸を取り落としそうになった。もし水を口に含んでいたら、吹き出してテーブルを汚すのは忍の番だったかもしれない。

「ちょっと待って、初耳なんだけど」

「八千代先輩から聞いてなかったんですか？　てっきり知ってるものだと」

恐らく、八千代は八千代で福本から聞かされていると思っているんだろう。

「うちの高校、駅伝が強いんですよ。全国大会出ちゃうくらい。八千代先輩、普段は素っ気ないですけど、走ってると格好いいんです。クールに黙々と己と戦ってるって感じで」

「もしかしてだけど、慶安大を選んだのって……」

「八千代先輩の進学先だったのもありますけど。陸上は高校までで辞めて、将来はスポーツ記者になりたかったので、新聞部に伝統があって業界へのコネが強い慶安に」

にっこり微笑む福本に、忍は「なるほど」と返すことしかできなかった。

そんな忍に、福本は珍しく真剣な表情を見せた。唇を引き結んで、静かで凛《りん》とした色が瞳に差す。能美で俺と電話をしているときの彼女は、こういう顔をしていたんだろう。

「慶安に入って、新聞部で陸上部の担当記者になって、箱根駅伝を走った八千代先輩のインタビュー記事を書くのが大学四年間の目標だったんです」

「ああ、付き合うって願望はないんだ」

「できることならそのインタビューの終わりに『最後の質問です。私と付き合ってもらえませんか？』と言ってOKされるというドラマチックな展開を期待していました」

大真面目にそんなことを言うから、堪らず忍は吹き出した。面食らって固まる八千代の姿までありありと浮かんで、余計におかしい。

「今は？」

ひとしきり笑って、忍は改めて聞いた。

「八千代、もう箱根駅伝は走れないし、競歩に転向して、確かにこの一年で凄く速くなったんだろうけど、まだ結果に結びついてない」

「『私は箱根駅伝を走る強い先輩が好きだったのに』なんて言うように見えますか？」

「見えない、かな？」

「疑問形なのは不服ですが、まあよしとしましょう」

満足そうに頷いた福本だったけれど、すぐに眉尻を下げて頬を掻いた。

「正直に言うと、今は八千代先輩が好きという気持ちより、心配というのが勝っているんで、ハラハラしながら見守ってるって感じですよね」

「このまま競歩を続けて大丈夫なのかって？」

「長距離をやってる男の子にとって、箱根駅伝って本当に特別なものなんですよ。下手したら、オリンピックよりずっと憧れるものかもしれません」

「箱根駅伝のせいで日本はマラソンで勝てなくなった、なんて言われてるしな」

学生ランナーが箱根駅伝に合わせた練習をするせいで、マラソンに対応できる選手が育成できない。箱根駅伝弊害論や不要論は、競歩の取材をする前から見聞きしていた。

「八千代先輩も例に漏れず、箱根駅伝を夢見る高校生でした。確か、高校の卒業文集にも将来の夢のところに『箱根を走る』って書いてましたもん」

箱根駅伝を走れるのは、大学四年間だけなのに。それを八千代は「将来の夢」とした。大学卒業後のことを考えてなかったんだろうか。それくらい、あいつにとって箱根駅伝は大きなものだったんだろうか。

目指すことすらできなくなってしまった彼は、何を思って競歩を始めたのだろう。

「……そうか」

──俺、東京オリンピックを目指してます。

金沢で、あいつはそう言った。どうしてだと問うと「俺はもう箱根駅伝に出られないからです」と答えた。

「だから、オリンピックなんだ」

小さく小さく、唇の先で呟いた。丼を抱えてスープを飲む福本には聞こえていなかったようで、安心した。八千代は、このことを言い触らされるのを嫌がる気がする。

それでも、彼は東京オリンピックを目指している。きっとそれが、彼にとって「箱根駅伝」に代わるものなのだ。

先日の日本インカレ。十七位でゴールした彼は、やはり地面に崩れ落ちた。握り締めた右手で地面を二度叩いた。十七位だった自分と、長崎と勝負すらできなかった自分を叱りつけるみたいに、二度。

楽しいのだろうか。果たして奴は、競歩を楽しいと思っているのだろうか。出会って一年以上、そんなことすら聞けないでいる。

「榛名さん？」

黙りこくった忍に、福本が怪訝な顔で見てくる。「冷やし中華でお腹冷えました？」と。

「ちょっと考えごとだよ」

「スランプだからって、あんまり思い詰めちゃ駄目ですよ？」

「うるせえ」

答えた瞬間、ズボンのポケットに入れていたスマホが震えた。振動のリズムでそれが電話だと気づき、慌てて手に取る。相手は百地さんだった。

「ごめん、ちょっと担当から電話」

福本にそう断って、店の外に出た。むわっとした熱気が押し寄せてきて、思わず顔を顰める。

電話に出ると、何故だか百地さんの声が弾んでいた。

『榛名さん、ちょっとご相談があるのですが』

その《ご相談》とやらは本当に思ってもみなかった内容で、忍は電話が終わってからもしばらくその場に突っ立っていた。

糞《くそ》と宝石

取材される側には何度もなったことがあるけれど、する側は初めてだ。

大きく深呼吸をした。エレベーターの階数表示が、忍のいる五階で止まる。玉松書房の古びたエレベーターの扉が開く。

紺色のスーツを着込んだ小柄な男は、忍と目が合った瞬間ににこっと笑った。

「蔵前《くらまえ》さん、本日はご足労いただきありがとうございます」

隣にいた百地さんが会釈する。忍も慌てて「よろしくお願いします！」と頭を下げた。勢いをつけすぎて、首の付け根にびきんと痛みが走った。

百地さんがスーツ姿の男性を近くの会議室へ誘《いざな》う。偶然にも、八月にロンドン世界陸上を観戦した部屋だ。

ピザとスイカと真咲さんの牛丼の匂いが充満していたときとは打って変わって、無機質で簡素な会議室に忍は唇を引き結んだ。

蔵前修吾《しゅうご》。

ロンドン世界陸上の男子50キロ競歩に出場し、六位入賞を果たした男だ。

およそ二週間前、福本とラーメンを食べているときにかかってきた百地さんからの電話は、蔵前修吾の取材をしないかというものだった。

玉松書房が発行しているスポーツ雑誌が競歩を取り上げた際、取材したのが蔵前だったのだという。それを知った百地さんが、ぜひ話を聞いてみようと忍に提案してきた。

二つ返事で了承したのは、八千代以外の競歩選手の話を聞いてみたいと思ったからだ。

百地さんから取材について説明を聞く蔵前を、忍は向かいの席からじっと見つめた。

日に焼けた肌と硬そうな短髪が印象的だった。年は二十九歳。忍より八歳年上。競歩を始めたのは大学一年のとき。日本インカレ優勝経験もあり、大学卒業後は実業団に所属して、主に50キロ競歩の大会に出場している。

「凄いな、なんで競歩で小説を書こうなんて思ったんですか？」

忍が何か言う前に、蔵前は早速質問をしてきた。凜々《りり》しい顔立ちの中に、人懐っこそうな目が覗く。同じ競技をやっていても八千代とは正反対だ。

「同じ大学に、競歩をやってる知り合いがいて」

「競歩が題材になってる小説とか漫画とか、僕、見たことないんで楽しみです」

柔和に笑う蔵前に対し、笑い返した自分の頬がちょっと引き攣《つ》った気がした。果たしてこの小説は完成するのだろうか。俺は、あの世界を描き切れるのだろうか。

「が、頑張ります……」

口の端から捻《ひね》り出した忍に、蔵前は「よろしくお願いします！」と白い歯を覗かせた。浅黒い肌に白い歯が眩しい。真夏のグラウンドみたいな雰囲気の人だ。水が撒《ま》かれてキラキラと光る、土のグラウンド。

質問の内容はたくさん考えてきたのに、いざ始まるとどう話せばいいのかわからない。百地さんがロンドン世界陸上の話をした。「この部屋で僕と榛名さんとで蔵前さんのレースを観戦したんですよ」と。蔵前は一瞬だけ渋い顔をした。

「僕も40キロくらいまでは『これメダルいけるんじゃない？』って思ってたんです。最後の最後に踏ん張れませんでしたね、申し訳ないです」

そうだ。この人は、日本代表なのだ。日の丸を背負って世界陸上に出場して、いろんな人からメダルを期待されて、でも駄目だった。そして「東京オリンピックでこそメダルを」と、より多くの人から期待を寄せられている。

一体、そんな中をどんな気持ちで歩いているのだろう。

「歩いてるとき、何を考えてるんですか？」

本当はもっと――競歩を始めたきっかけとか、世界陸上の話とか、具体的な話からしようと思っていたのに。

「普段の練習では、次のレースのことを考えてますね。どういうレース運びになるか展開を考えて、自分だったらどう動くか想像したり。僕はロス・オブ・コンタクトで警告を取られやすいから、そのへんを意識したり」

一呼吸置いた蔵前に、忍はゆっくりと頷いて続きを促した。

「レース本番って、意外と練習でやったことを活かせないんですよ。始まったらその中で臨機応変にやるしかないっていうか。だからレース中は、頭の半分では他の選手のことや今後のレース展開について考えてます。あいつは今このへんを歩いてて、警告をいくつもらって、きっと何キロ過ぎにこういう動きをしてくるだろう、って具合に」

「じゃあ、もう半分は？」

「レースとは関係ないことを考えるんです。ロンドンのときは、『観光して帰りたいな』とか『フィッシュ&チップス食べてみたいな』とか『あ、観客の中に美人がいるな』とか。50キロって長いから、ずっとレースに集中してると頭が疲れちゃうんです」

「僕も何度か取材で実際に競歩のレースを観たんですけど、改めて考えると――」

「酷いスポーツだと思うでしょ？」

ははっと笑って、蔵前が忍を指さした。

「競歩は最も過酷な競技だって僕は思ってるんですよ。ルール通りの歩型を保って、同じコースを何周も歩くんです。50キロのレースなんて、四時間近くやるんですよ。心も体も限界ってときに、目の前で審判員が注意の札を出す。え、今のロスコンなの？ベント・ニーなの？そりゃあ、心がポキッと折れますよ。折れた瞬間、体が動かなくなる。歩型を立て直さなきゃいけないのに、それすらできなくなる。そうこうしているうちに、警告の赤い札が出される。三時間も必死に歩いたのに、あっさり失格になることだってある」

よく八千代は、そんな競技を一人で続けている。愚痴を言ったり、アドバイスを送り合ったりするチームメイトもおらず、一人黙々と挑み続けている。

「蔵前さんは、競歩を楽しいって思いますか？」

率直な疑問だった。忍にはどうしても手が届かない感覚だ。同じ質問を八千代にしたら、彼でさえ「わからない」と答えるかもしれない。

「九割はきつい、辛い、苦しい。でも、それも含めて楽しいって思うから、ずっと続けてるんですよね。レースに勝ったりタイムが伸びたり、やってやったぞって思える瞬間はもちろん嬉しいし。あと、意外と苦しいと楽しいって両立するものなんですよ」

その後も、蔵前はいろんな話をしてくれた。元来、話すのが好きな性格みたいだ。忍が拙《つたな》い質問を一つすると、面白いくらいたくさん返してくれた。

長距離走をやるつもりで大学の陸上部に入ったら、何故かコーチから競歩を勧められ、転向する羽目になった。競歩は「転向ありきのスポーツ」で、高校や大学から始める選手が多い。

エクアドルのジェファーソン・ペレスという選手の歩型がそれはそれは美しく、「歩く世界遺産」と呼ばれて多くの選手の憧れの的らしい。

レース中は目立たないのが大事で、審判員に目をつけられると注意や警告を出されやすくなるから、できるだけ気配を消していた方がいい。

蔵前は話すのも上手で、どの話も聞いていて楽しかった。自然と「へえ」とか「そうなんだ」という言葉が出てくる。新しい知識や感覚が自分の中に染み込んでいく。

レースを生で観たことだってある。八千代の練習にだって何度も付き合った。競歩という競技を肌で感じる機会は多かったはずなのに、まだまだ知らないことがたくさんある。

二時間の取材はあっという間に終わってしまった。百地さんが取材のお礼にと玉松書房の近くにある和菓子屋の豆大福を手渡すと、蔵前は「和菓子、好きなんですよ」と子供のような顔で喜んだ。

「また何かありましたら、いつでもご連絡ください。何でも答えます」

胸の前で小さくガッツポーズをした蔵前が、エレベーターに乗り込んでいく。百地さんと揃って「ありがとうございました」と頭を下げて、蔵前を見送った。

階数表示が、五階から四階へ、三階へと下がっていく。橙色の電光表示をぼんやりと見つめながら、頭の中を蔵前から聞いた話がぐるぐると飛び交った。

「八千代さんとはまた違った話が聞けて、よかったんじゃないですか？」

隣に立つ百地さんが聞いてくる。

「そうですね」

八千代は、いつも苦しそうだから。そう続けそうになって、忍は静かに、息を止めた。そうだ。彼はいつも苦しそうなのだ。笑うことも、生意気な冗談を言うこともあるけれど、いつも一人で苦しそうに練習をしている。どれだけ頑張っても、タイムが縮まっても、結果が出ない。表彰台に上ることも、長崎龍之介と競うこともできない。

「すみません、百地さん」

エレベーターが一階に着く。古びた電光パネルに表示された「1」という数字を睨みつけて、忍はエレベーターの下りボタンを押した。

「ちょっと……蔵前さんにもう一つ聞きたいことがありましたっ」

上昇し始めたエレベーターは二階で止まってしまった。もどかしくて、忍は走ってエレベーターホールを飛び出した。階段を一階まで駆け下りた。

蔵前の背中は、玉松書房のエントランスを出てすぐに見つかった。

「蔵前さん！」

地下鉄の駅に向かって歩いていた彼は、忍に気づくと手を振ってくれた。駆け寄った忍に「どうしました？」と首を傾げる。

「俺の知り合いが、慶安大の陸上部で競歩をやってます」

　断りも入れず、言いたいことを吐き出した。

「一人でやってます。コーチも競歩仲間もいないです。去年の夏までは長距離走をやってて、競歩に転向しました。タイムもよくなってるけど、大会で結果が出ないんです」

「名前は？」

　肩で息をしながら話す忍のことを、蔵前が真っ直ぐ見据えていた。

「はい？」

「その子の名前。慶安大の誰？」

「八千代、篤彦といいます」

　スーツのポケットからスマホを取り出した蔵前は、「八千代篤彦ね」と彼の名前をメモしたようだった。

「俺とその子を引き合わせたいってこと？」

　蔵前の一人称が《僕》から《俺》になった。その意味を嚙み締めて、忍は首を縦に振る。

「さっき蔵前さんのお話を伺って、凄く勉強になりました。なったんですけど、俺よりずっと、八千代の方が蔵前さんの話を必要としているような気がして」

　ネットで八千代の成績をチェックしているんだろうか。スマホに視線を落としながら、蔵前は「へえ」と口角を上げた。

「じゃあ、合宿とかに誘ったら来たりしますかね？　競歩の選手が集まる合宿。俺の母校がよくやってて、俺もたまに参加するんですけど、他大学の選手も結構いるんですよ」

「いいんですか？」

「競歩は『人に見られること』が重要なスポーツです。なのに競技人口が少なくて、指導者も少ない。他人の目が大事なのに、一人で練習するしかない選手がたくさんいる。だから、大学とか所属とか関係なく集まって合宿して、みんなで強くならないと駄目なんですよ」

蔵前がスマホを差し出してきた。忍も慌ててスマホを取り出し、連絡先を交換する。

「もしかしたらこれをきっかけに強力なライバルを生み出しちゃうかもしれないけど、でも、歩く苦しみは選手が誰よりもわかってるんで」

登録された蔵前の連絡先を見つめて、忍は改めて彼に向かって頭を下げた。勢いをつけすぎて、また首の付け根にぐきっと痛みが走った。

「ありがとうございます！」

八千代は、余計なお世話だと言うだろうか。でも、それでも、やはり自分は彼に蔵前を紹介したかったのだ。理由は、なんだかんだで一年も付き合いがあるし、大会だって取材したし、練習だって手伝ったし――。

ああ、でも、一番は、『アリア』を「面白い」と言ってくれたからかもしれない。

今日の夜にでも連絡すると言って、蔵前は駅に向かって歩いて行った。レース中とは打って変わって普通に歩く姿はゆったりとしていて、忍は彼の姿が見えなくなるまでその場に立っていた。

玉松書房に戻ると、エントランスに百地さんがいた。

「榛名さん」

忍の名前を、いつも通り穏やかな声色で呼ぶ。

「競歩小説、どういう内容にするか、イメージは湧きましたか？」

蔵前に何を言いに行ったのかすら、百地さんは聞かない。彼は、「早くプロットを作れ」と忍を急かさない。何年でもじっくり考えようという顔で、にこにこと笑っている。

「正直、迷ってるんです」

百地さんと対峙して、忍は正直に肩を落とした。競歩の基本ルールは理解した。面白さもわかってきた。普通の作家ならこれを材料にいくらでも物語を生み出せる。

「例えば、よくある青春スポーツ小説っぽい内容だと……箱根駅伝を目指してた高校生が、挫折するんですよ。成績不振とか怪我とかで。そんなとき、競歩の選手と出会うんですよね。謎の転校生でもいいし新任のコーチとかでもいいですね。その人にしつこく勧められて、主人公は嫌々ながら競歩を始めるんです。練習して、大会に出て、ちょっとずつ競歩の魅力に気づいていって。転校生だかコーチだかが掛け替えのない仲間になるんです」

「そして最後は全国大会に出場して、臨場感あふれる爽やかなレースシーンと共に終わるんですかね。ちょっとありふれた展開ですけど、題材が競歩だから、ストーリーは王道の方がわかりやすくていいです」

「はい。なんか、いい青春小説になりそうですよね」

「『気鋭の若手作家が描く爽快青春スポーツ小説』とキャッチコピーがつくんでしょうね」

店頭にその本が並んでいるところまで、易々と想像できてしまう。

「だから、駄目だと思います」

その本を書店で手に取った八千代が、興ざめした顔をするのまで、鮮明に思い浮かんでしまう。ああ、駄目だ。易々と想像できてしまうから、駄目だ。それじゃあ俺が書く意味がない。誰が書いたって一緒だ。

「俺、いい意味でも悪い意味でも、八千代篤彦をよく知っちゃったんで。今更そんな王道の青春小説、書けないっていうか……いや、王道が駄目ってわけじゃないっていうか、そういう小説で好きなやつ、たくさんありますし。王道を王道として書くのって凄く難しいことだと思うんですけど」

「言いたいことはわかります。これだけ時間をかけて悩んでいるんですから、榛名さんがちゃんと納得のいく物語にしないと駄目ですよ」

「でも、俺はとんでもない……本当に、糞みたいな小説を書くかもしれないですよ」

自分の奥底にどれだけ目を凝《こ》らしても、どろどろと濁った水ばかりが見える。もっと競歩について知れば、八千代の練習に付き合えば、この水が澄んで、水底が見えるのではないかと思った。

でも、水は濁ったままだ。この濁ったままの水を俺は書かないといけないのかもしれない。

「糞みたいな小説ですか……」

言葉とは裏腹に楽しそうに肩を揺らして、百地さんは忍を見た。白髪交じりの灰色の髪をかりかりと掻きながら、「しょうがないですよ」と笑う。

「作家から出てきたものを受け止めるのが、編集者の仕事ですからね」

第四章　二〇一八年　冬

冬合宿

「センセ、昨日と今日で随分チャリンコ漕《こ》ぐのが速くなったんじゃないですか？」

慣れないジャージを着込んで自転車のハンドルを握る忍の横を、嫌みなくらい爽やかな笑顔を浮かべた蔵前が歩く。

その後ろを、硬い表情を浮かべた八千代がついて行く。

「もう！　揃いも揃ってどうして自転車より速く歩くんですか！　あと《センセ》はやめてくださいっ」

気を抜くと、二人はあっという間に自転車に乗った忍を置いて行ってしまうのだ。

蔵前の《歩き》は美しかった。足取りは力強いのに、重力を感じないしなやかな歩型。両足が地面の上を滑るように、無駄のない動きで進んでいく。

そんな蔵前を八千代は睨みつけていた。彼の姿を目に焼き付けるように、瞬きすら惜しいという顔で。そりゃあ、そうだ。目の前を歩いているのは、東京オリンピックに限りなく近い選手なのだ。

ヤシの木が点々と生えた緩やかな坂を抜けると、冬の太平洋が待ち構えていた。

一月の館山《たてやま》は東京に比べたら寒さも緩むが、それでも海風が容赦なく体温を奪っていく。ハンドルを握る両手が、肘《ひじ》や膝が、寒さに軋んだ。

海岸線に出て、海沿いの広々とした歩道を歩く。前方には他の選手達の姿がぽつりぽつりと見えた。薄手のウエアが海風にはためくのを見ているだけで、ぶるりとくる。

去年の九月に蔵前を取材したあと、彼は本当に忍に連絡をしてきた。

そして八千代を「年明けの楓門《ふうもん》大学の合宿においで」と誘った。時期は一月の終わり。大学の期末試験が終わった直後。場所は千葉県の館山にある楓門大の合宿所だ。

――ついでに、榛名センセもどうぞ。

その一言をきっかけに、忍も合宿に潜り込むことになった。

蔵前の母校である楓門大学陸上部競歩チームの冬合宿には、他大学の選手も多く参加していた。来月の日本選手権や再来月の全日本競歩能美大会に向け、それぞれの課題に合わせてチームを作って練習している。

合宿初日の昨日、合宿所に着いて早々に蔵前は「ペア組んで練習しよう」と八千代の肩に手を回した。八千代も大きく頷いた。顔半分が戸惑ってカチコチに固まっていて、珍しく忍に対して「助けてください」という視線を寄こしていたけれど。

今日の二人の練習メニューは、20キロのロング歩——決められた長い距離を歩く練習だ。タイムの計測と給水を頼まれた忍は自転車で二人に並走しているのだが、よくよく考えたら自転車を20キロ漕ぐというのも重労働だった。15キロを通過したが、すでに太腿が悲鳴を上げている。

蔵前と八千代に並走し、ときどき給水用のボトルを差し出してやりながら、なんとか20キロを忍は走りきった。合宿所に戻ると、地面にへたり込む忍を余所に、二人は汗を軽く拭くとすぐさまタイムを確認した。

「よく最後までついてきたじゃん。ラスト5キロ、結構上げたのに」

蔵前に比べたら若干息の乱れている八千代が、短く「はい」と頷く。

「昨日と今日、八千代を見てて思ったのは、長い距離を歩くとき——特に後半に入るとフォームが安定しない。スパートをかけたときにスピードを出そうと《走り》の動きが出てきちゃうんだな。警告出されるの、レースの後半が多いだろ？」

ハッと顔を上げて、蔵前を見た。八千代も全く同じことをした。

能美も、関東インカレも、日本インカレも、八千代はレースの後半に決まって警告を出された。ここからスパート合戦が始まるというとき、狙ったように出鼻を挫《くじ》かれるのだ。

「かーなーり、直し甲斐のあるフォームだから、五日間みっちり鍛えてやるよ。綺麗になるぞぉ」

げらげらと笑ってストレッチをする選手達のもとに向かう蔵前の背中を、忍は脹ら脛を摩りながら見送った。

「立てますか？」

念のため、という顔で八千代が忍を覗き込んでくる。自転車を支えにして立ち上がると、太腿の筋肉にささくれ立つような痛みが走った。

「インドア派に無茶させやがって……」

「途中で休んでいいって蔵前さんが言ったのに、意地張ってついてくるからですよ」

「意地は張ってない。取材だから、取材」

自転車を合宿所の玄関横に停め、八千代と一緒に忍もストレッチをする選手達に合流することにする。途中ですれ違った楓門大の選手に「あ、先生、お疲れ様です」と会釈されてしまった。

蔵前が昨日、忍を「売れっ子の作家先生だ。《先生》と呼ぶこと」なんて紹介したせいだ。

「俺も先生って呼んだ方がいいですか？」

馬鹿みたいに真面目な顔で八千代が聞いてくる。

「やめてくださいお願いします」

「ですよね」

口の端で薄く笑った八千代は、すぐに普段通りの静かな表情に戻った。その視線は、年下の選手と談笑しながらストレッチをする蔵前の姿を捉えて放さない。

「凄いですよ、あの人」

足下にぽとりと落とすように、そう呟く。

「そりゃあ、世界陸上に出た人だし」

「俺、自分の歩型はそんなに汚くないと思ってたんです。高校のときも、片手間で競歩やってたとはいえ、インハイ出たりしてたし」

「『直し甲斐のある』って言われると思ってなかった？」

「そうですね」

八千代の鼻に、薄く皺が寄る。よくよく考えてみたら、彼はこの一年ほとんど独学で競歩をやってきて、日本インカレにだって出場したのだ。自分の歩型にも、培《つちか》ってきたものにも、それなりに誇りがあるだろうに。

「余計なお世話だった？　蔵前さんを紹介したの」

「そんなことは思ってないですよ。凄く感謝してます。他大学の合宿に混ぜてもらおうなんて、先輩から提案されなかったら、絶対に考えませんでしたから。大体、先輩こそどうして蔵前さんに俺を紹介しようと思ったんですか?」

まさか「俺の本を面白いと言ってくれたから」なんて伝えられるわけがなく、忍は眉を寄せて唸った。八千代が「え、そんな返答に困ります?」と怪訝な顔をする。

「まあ、一応、この一年取材してきたわけだし。友達のよしみ?」

違う。《友達》と言った口が、甘ったるいものを食べた直後みたいにべたついた。

「いや、友達じゃないな」

「俺もそう思います」

「まあ、ほら……取材対象者には活躍してもらった方が、こっちも取材しがいがあるというか。たまにはガッツポーズでゴールテープ切るところを見せてもらわないと、俺の小説も負けっ放しの競歩選手の話になっちゃいそうだし」

「どうせ負けっ放しですよ」

ムッとした様子で鼻を鳴らした八千代は、マットを広げてストレッチを始めた。前屈する八千代の背中を押してやりながら、負けっ放しは俺も一緒だよな、なんて思った。

* * *

「榛名さん、歩き方が変です」

楓門大の選手達と話しながら合宿所に向かっていたら、背後から愉快そうな声が聞こえてきた。振り返らなくても誰だかわかる。

「筋肉痛で自転車漕げないって、情けないですねー!」

昨日忍が乗っていた自転車を漕ぎながら、福本が近づいてくる。赤いウインドブレーカーを着た彼女の姿は、まさに運動部だった。

今朝、合宿所のベッドで目を覚ましたら全身の筋肉が悲鳴を上げていた。二日続けて20キロも自転車を漕げる状態ではなく、近くの市営グラウンドでインターバル・トレーニングをするグループを見学することにした。

忍の代わりに八千代と蔵前に並走したのは、一泊二日で取材にやって来た福本だった。合宿所に到着早々、「はいはいはい! 私が並走します!」とけたたましい声で立候補した。東京から高速バスに二時間も揺られて駆けつけたんだから、恋の力は凄まじい。

「俺のこと馬鹿にするけど、自分だって先に戻ってきてるじゃん」

インターバルをしていたグループは今日のメニューをこなし、合宿所に戻るところだ。しかし、福本の後ろには蔵前の姿も八千代の姿もない。

「蔵前さんがペースを上げたので、並走していたら邪魔だと思って離れたんです。気を使われたら逆に悪いじゃないですか」

榛名さんにはそういう気の回し方はできないでしょう、なんて言いたげに笑う福本のことは、あえて無視した。できなかったから全身筋肉痛なのだ。

自転車に乗った福本が先を行き、忍は読書が趣味だという選手と話しながら合宿所へ向かった。たまたま好きな作家が一緒だったから、新刊の感想を言い合っていたときだった。

背後から、地面を削るような、鋭利で、なのに軽やかな足音が聞こえてきたのは。

この音を自分は知っている。昨日、自転車を漕ぎながらずっと聞いていた音だ。ルールという鎖を感じさせず、地を滑るように進む、蔵前の歩きだ。

その足音に、不協和音のような濁った音が混じる。

振り返ると、蔵前がずっと近くにいた。瞬きをしている間に忍の真横を通過してしまう。

5mほど離されて、八千代が蔵前を追っていた。歯を食いしばって、眉間に深い皺を作って、腕を振る。

荒い呼吸が近づいてきて、すれ違う瞬間に、熱の塊に頰を撫でられるような感覚がした。

「八千代……」

彼の足下を注視する。八千代はロス・オブ・コンタクトの状態にあった。どう見ても、両足が地面から離れてしまっている。

「おい、ロスコン……」

八千代の足掻くような歩きに振り落とされて、声にならなかった。こちらに視線をやることなく、八千代は歩いて行ってしまう。

嫌な予感がして、でもどうすればいいかわからなくて、忍はそれまでと変わらぬペースで合宿所へ歩いて行った。

合宿所の正門をくぐると、蔵前と八千代は駐車場の隅にいた。今日の練習の振り返りをしているようにしか見えないけれど、どうしても、そう思えない。

玄関横に自転車を停めた福本が、顰めっ面で二人を見ているから、余計に。

どうしようか迷って、迷って、迷って、二人に駆け寄った。足を前に繰り出すたびに悲鳴を上げる太腿に活を入れ、不穏な空気に近づいて行った。

「歩くの嫌いか？」

普段の人懐っこさとか、気さくな先輩という印象からはほど遠い、低く冷たい蔵前の声がする。

怒っている。確かに彼は怒っている。

「過酷な競技だよ。苦しいことばかりだ。俺だってそうだ。でも、歩いてるときの君は、刑罰でも受けてるような顔をしてる。早くこの刑期を終えて自由になりたいって顔だ」

八千代が何か言いたそうに息を吸うのがわかった。でも、蔵前が八千代の言葉を奪ってしまう。

「違うの？　本当はさ、走りたいんじゃない？　走りたいけど仕方なく競歩やってない？　走れない鬱憤《うっぷん》とか苛立ちをエネルギーに競歩をやるなら、それを走ることに向けた方がいいんじゃないの？」

蔵前の言っていることは、多分、正しい。八千代だって、長距離走を続けられるならきっと続けたに違いない。

でも、世の中には本人の「続けたい」という熱意だけじゃどうしようもないことがたくさんある。どうしようもないことの方が、きっと多い。

「さっきも必死に俺についてきたけど、あれがレースだったら失格だ。『冷静になれ』って何回言った？　なのに、勝手に焦って不安になって食らいついてくる。今のままじゃ、日本選手権だろうと全日本競歩だろうと、ラストで勝負すらできずにまた負けるよ」

正しい、本当に、彼が言っていることは正しい。流石は日本代表だ。的確に、八千代の本質と弱点を見抜いている。

「八千代は、競歩でどこに行きたいの？」

首を傾げて、蔵前が八千代を見上げる。八千代の方が背が高いのに、蔵前の方がずっと大きく感じられた。彼から漂う凄みのようなものが、じりじりと肌を焼いてくる。

東京オリンピック、なんて——口が裂けても言えない。

黙り込んだ八千代を、蔵前は凝視していた。しばらくして彼は両手をゆっくり腰に持っていき、八千代を覗き込むようにしてニイッと白い歯を覗かせた。青天の下、水の撒かれた土のグラウンドのような、そんな顔で。

「というわけで、明日も頑張りましょう」

にこやかに言って、蔵前は何事もなかったみたいに合宿所に入っていった。

随分時間がたってから、八千代がこちらを見た。切れ長の目を瞠って、彼は唇を真一文字に結んだ。

「蔵前さんの言う通りですよ」

温度の感じられない表情で頷いて、彼は小さく肩を落とした。からん、と、彼の奥で何かが落ちる音がした。

「言う通りだ」

ふらつくような足取りで、八千代は忍の側を通り過ぎていく。

「八千代」

「頭を冷やしに行くだけですよ」

素っ気なく呟いて、八千代は正門から外へと出て行った。さっきまで淡い夕焼けが綺麗だったのに、藪《やぶ》の向こうがすっかり紺色に染まっている。

「福本さん、それ貸して」

玄関脇にいた福本に駆け寄り、その手から自転車の鍵を奪った。前カゴに八千代のウインドブレーカーが入っている。ちょうどいい。

顔を上げると、下駄箱の前から蔵前がこちらを見ていた。外しかけたスタンドを戻し、彼に駆け寄った。

「あの、蔵前さん」

「酷いと思う？」

あっけらかんとした様子で言われて、言葉を失った。

「彼、ぱっと見は冷静そうな顔してるけど、結構カッとなりやすいよね」

「わかってて、なんであんな言い方するんですか。本人が続けたくても、否応なく諦めざるを得ないことがあるって、蔵前さんだって知ってるでしょう」

「当たり前じゃん」

下駄箱に寄りかかった蔵前は、肩を揺らして笑った。当然のことを聞くなという顔で。

「もう限界だって競技を辞めた奴。怪我で辞めざるを得なかった奴。実業団から戦力外通告されて泣く泣く田舎に帰った奴。競歩に限らず、大量に見てきたよ」

「じゃあ……」

「ここにいるはずじゃなかった、って顔して後ろついてこられて、イライラしちゃってね」

本当にそうなのだろうか。ならどうして蔵前は、昨日八千代に「綺麗になるぞぉ」と言ったときと同じ顔をしているのだろう。

「取材のときに榛名センセに言いましたよね？　競歩は転向ありきのスポーツだって。俺だって大学から競歩を始めたから、高校のときは大学駅伝を走りたいと思ってた。もっと言えば、箱根が走りたかった」

穏やかな溜め息をついた蔵前が、遠い目をする。遠く遠く、大学生もしくは高校生だった頃の自分を思い出しているみたいだった。

「でも、競歩は箱根を走れなかったコンプレックスを埋める代替《だいたい》じゃない。競歩を箱根の代わりにしてるようじゃ、競歩が好きで《歩き》を極めようとしてる奴には勝てないよ」

俺とか、長崎龍之介にはね。

歌うように長崎の名前を出されて、忍はすっと息を止めた。蔵前は、八千代の心根をわかって言ったのだろうか。ロング歩の最中に、八千代に彼のことを話してわざと煽《あお》ったりしたのだろうか。

「そうかも、しれませんけど……八千代は確かに、箱根駅伝がなくなっちゃった穴を競歩で埋めようとしてるのかもしれないけど、それは絶対に、悪いことではないと俺は思います」

庇《かば》っているのは、俺なのに。俺が庇っているのは八千代なのに。どうして、自分を必死に守っているような気分になるのだろう。

「そんなことも許されないなんて、一度挫折した人間は何もできないじゃないですか」

心血を注いだ何かをすっぱり諦められるなんて、そんな潔い人間ばかりじゃないだろう。

引き摺って引き摺って、それでも次を目指そうとする人間だって、いるだろう。

――いるだろう。

「ああ、そうだろうね。でも、八千代君に俺の言葉が必要だって言ったの、榛名センセでしょ？」

あっけらかんと、蔵前は頷いた。そうだ。確かに、そうだ。

「八千代を、迎えに行って来ます」

蔵前に一礼し、玄関を出た。「いってらっしゃ〜い」と手を振る蔵前の姿が、ガラス戸に映り込んでいた。

「榛名さん、大丈夫ですか？」

自転車に跨《また》がった忍に、福本が声を潜めて聞いてくる。

「だ、大丈夫じゃないかも」

「……大丈夫じゃないんですか？」

「なんか、何故か俺のメンタルにもダメージが来てる」

は？　と眉間に皺を寄せた福本を尻目に、忍はペダルを漕ぎ出した。「とりあえず、頑張ってきてくださーい」というエールを背中に受け、悲鳴を上げる太腿を懸命に動かした。

日が落ちて、海風が素っ気なくなった。頬を打つ風の冷たさに無性にイライラしながら、ペダルを回した。

ロング歩で使っている海沿いの道を自転車で進んでいくと、海水浴場の片隅に人影を見つけた。

薄手のウエアは見るからに寒そうなのに、長身は微動だにせず海を眺めている。

「八千代っ！」

叫んだら、冷たい空気に喉の奥がピリッと痛む。砂浜に自転車で乗り入れると、柔らかい砂にタイヤを取られて盛大に転んだ。

「あぶっ！」と間抜けな声を上げて、背中から思い切り浜に落下した。

「くっそぉ……インドア派に無茶させやがって」

起き上がると、八千代は同じ場所にいた。呆然とこちらを見ていた。

自転車をその場に置きっぱなしにして、八千代のもとに駆けていく。

「先輩が目の前で盛大にすっ転んだんだから、助けに来るくらいしろよ」

大袈裟に背中と腰を摩ってみせても、八千代は何も言わず忍を凝視したままだった。頭から爪先まで、何度も視線を往復させる。

「やっぱりこういうとき、人間って海に行くんだよな。俺が読んできた小説の登場人物って、みんなそうだった」

自転車の前カゴに入っていたウインドブレーカーを渡してやる。強い風が海から吹いてきて、八千代は諦めた様子でそれを着込んだ。

「別に、拗《す》ねてふて腐れてるだけなんで、夕飯の時間までには帰りますよ」

「じゃあ、夕飯の頃まで付き合うよ」

遮るものが何もなくてすこぶる寒いが、忍は砂浜に腰を下ろした。両足を、さらさらの砂の上に投げ出す。だいぶたってから、八千代が隣に座った。

誰もいない砂浜で、黙って海を見ていた。特に面白いものもない。冬だし暗いし、夜景や灯台の明かりが見えるわけでもない。

だから、かもしれない。

「俺のデビュー作、二十万部売れた。新しい世代の書き手が現れたって」

口から、言葉がぽろぽろとこぼれていく。「凄いじゃないですか」と、八千代が答えた。

「二作目は、プレッシャーもあったけど、結構楽しく書いたんだ。『読者の期待を軽々と越えた傑作だ』って、文芸誌に書評が載った」

「それも凄いですね」

「三作目は、デビューした玉松書房じゃないところから出した。俺は気に入ってる話だったのに、売上げがイマイチ振るわなくて、ネットでもいい感想を見かけなかった。それで俺も、書きたいものを楽しんで書くだけじゃなくて、ちゃんと数字とか需要とか、そういうことを考えないといけないんだなって思った」

八千代は何も言わなかった。満ち潮ってわけでもないのに、波の音が近くなった。

「四作目は、正直、いろいろ考えすぎて書くのがきつかった。担当からたくさん修正指示が入って、何がいいのかわからなくなって、無理矢理完成させた。一昨年の一月に出した本も同じような感じだったな。去年出した『アリア』は、久々にそういう息苦しさを抜け出せたような気がしたんだけど、結局未だにスランプのままだ。世間はもう、天才高校生作家のことなんて忘れてる」

波の音が、また近くなる。

「いつからだろ、思ったように書けなかったって気持ちとか、期待に応えられなかったって気持ちを、次の作品に投影するようになったの。失敗から逃げ回るみたいに、自分の中にできちゃった穴を次の作品で必死に埋めるようになったの」

穴は、増えていく。忍の心はぼこぼこの穴だらけになっていく。「天才高校生作家」でなくなった自分が身につけるべき新しい《価値》を探して、ゾンビみたいに彷徨《さまよ》う。

「失敗して、次の挑戦でその穴を埋めようとするんだよ。蔵前さんはああ言うけど、俺はそういうものだと思う」

最初から何もかも上手くいくなら、それに越したことなんてない。次こそは、次こそは……何度《次》を積み重ねたって辿り着けないのかもしれない、もう《次》なんてないかもしれないと怯えながら、それでも《次》を信じて生きている。

「俺は負けたんですよ」

ぽつりと、八千代が言った。

「長距離で負けた。それは事実なんです。競技そのものを諦めて、普通に大学生やって普通に就活して普通に就職する選択肢だってありましたけど、駄目だったんですよ」

駄目だったんです。

波の音と音の間で、八千代はその言葉を繰り返した。

「俺ね、小学生の頃から走るのが好きで、中学、高校と陸上ばっかりだったんですよ。はい、今日から別の目標を見つけて、頑張って生きていってください。なんて言われても、何をすればいいかわからないんです。何ができるかもわからないんですよ。だから、競歩は俺に価値をくれるんじゃないかと思ったんです」

そうだ。俺には価値が必要なんだ。作家であり続けるためには、価値がないといけない。書くことをやめたら、俺は何者にもなれない。

書き続けること以外に、自分を確かめる方法がわからない。

「俺も負けたんだよな」

寒さに、指先の感覚が遠のいていく。鼻の頭が痛くなって、鼻水を啜った。

「そうだな。そうだよな、俺は負けたんだ。負けたってわかってるくせにぐちゃぐちゃ言い訳して、スランプだとか、『どうせ俺なんか』なんて言ってふて腐れて拗ねてたんだ。認めるよ、負けたんだ。俺は、負けたんだ」

「先輩は、誰に負けたんですか？」

他の作家に、本に、世間からの期待に――そこまで考えて、どれも合っているけれど、どれも違うと気づいた。

「榛名忍に、だ」

天才高校生作家という肩書きを、期待を、重いと思った。でも、いざ「誰からも期待されなくなった自分」を想像すると、期待されたいと思う。期待される自分でいたい。期待に応えられる自分でいたい。

もっと上手に夢を見るはずだったのに。胸の奥にいる怖いほど純粋な自分が、そうやって嘆いている。

「俺は、俺に負けてきたんだ。本を読むのが好きで、小説を書くのが好きな俺に、ずっと負けてきた。俺の期待を裏切ってきた」

ふふっと、八千代が笑うのが波の音に紛れて聞こえた。無意識に足下にやっていた視線を彼へ移すと、確かに微笑んでいた。

「元天才高校生作家も、大変ですね」

「ああ、大変だよ。凄く大変だよ」

今、とても辛い話をしているはずなのに。どうしてこいつは笑って、釣られて俺も笑ってしまうんだろう。

「帰ろう。帰って飯食って風呂だ。明日はまた20キロ自転車漕ぐんだから」

立ち上がると、内腿にびきんと痛みが走った。呻きながらズボンについた砂を払うと、八千代が「え、明日もやるんですか？」と聞いてきた。

「やるよ。遊びに来てるんじゃないんだから」

浜は真っ暗になっていた。手探りで自転車を探し、砂の上を引き摺って歩いた。

「どういう小説にするんですか？」

浜から歩道に出たところで、八千代が聞いてくる。自転車を押す忍の後ろで「もう一年以上取材してますけど」と冷えた両手を擦り合わせる。

「王道の青春スポーツ小説にはしたくないな、って思ってる」

「本を読まない人間には何が王道なのかわかりませんが、先輩がそう思うならそうすればいいんじゃないですか」

「でもなあ、自信ないんだよ。素直に、みんなが好きになってくれそうな話にした方がよかったって、本が発売されてから思うんじゃないかって」

自信がないと素直に言えてしまった自分に、驚いた。不思議と頬が緩む。俺の中にもまだ「自信がない自分」を笑うだけの心の余裕があるんだ。

「絶賛スランプ中の小説家が、ひょんなことから競歩選手と出会うんだ。小説家は競歩を少しずつ知りながら、競歩の小説を書いていく。競歩と自分の作家人生を重ね合わせて、小説家は、自分のあるべき姿を模索していく」

砂粒のついた靴裏が、アスファルトを擦る音。ざらついた二人分の足音。随分遠くに行ってしまった波の音。すぐ側を、自動車が一台、走りすぎる。

背後から聞こえていた足音が、戸惑ったように乱れる。

「……え、それ、小説のあらすじですか？」

困惑した様子で、八千代が忍の顔を覗き込んでくる。街灯が逆光になって、彼の顔に影が差す。それでも、目を瞠って驚いているのがわかった。おかしいくらい、わかった。

「うん、そう」

「悪いこと言わないんで、違う話を書いた方がいいと思いますよ」

「多分、みんな同じことを言うんじゃないかな」

書こうとしている忍自身がそう思っているのだから。もっと、より多くの人が楽しめるような、エンターテインメント性に富んだドラマチックで爽快感のある話にした方が、お前を作家として延命させてくれるんじゃないかって。

「だから、書くんですか？」

忍が言いたかったことは、八千代のその一言にすべて詰まっている気がした。

そうだ。だから、書くんだ。延命じゃなくて、新しい価値を見つけるために。東京オリンピック開催決定のあの日から、前に進むために。

合宿所に戻ったら、ロビーに蔵前がいた。ベンチに腰掛け、膝に頬杖をついて、忍と八千代に「おう、おかえり」なんて言ってくる。

忍が動くより先に、八千代が一歩、大きく前に出た。

「蔵前さん、さっきはすいませんでした」

音もなく蔵前の前に立ち、ゆっくり頭を下げる。そのまま、低く擦《かす》れた声で、言った。

「東京オリンピックで歩きたいんです」

顔を上げた八千代の背中を、忍は黙って見つめていた。宣言をしたのは八千代なのに、自然と唇を引き結んでしまう。

「走ることを諦めたんです。箱根駅伝を諦めたんです。そんな自分を諦めきれなくて、競歩を始めました。未だに心のどこかで、本当は走っていたかったって、確かに思ってます」

八千代が息を吸う音がする。吐く音がする。

「それでも、今は、これ以外にわからないんです。自分が生きてるってことを、歩くこと以外で実感できない」

上擦《うわず》った語尾に、蔵前の目が細められる。何も言わず、彼はゆっくりと首を縦に振った。

「あらゆる思想は、損なわれた感情から生まれる」

唐突に、蔵前はそんなことを言った。八千代は「はい？」と身を乗り出し、忍は蔵前の言葉を反芻した。確か、海外の思想家の言葉だった気がした。名前は、確か……。

「えーと、蔵前さんは、エミール・シオランがお好きで？」

「いや、全然。好きなアーティストのミュージックビデオで見たから覚えてただけ」

蔵前は八千代に視線を戻す。口元は微笑んでいるけれど、目は真剣だった。世界陸上のときと同じ、底光りするような凄みが瞳の奥に潜んでいる。

「今、その言葉を思い出した」

よっこらしょ、と立ち上がった蔵前は、一度だけ八千代の肩を叩く。軽やかな手つきだったのに、堪らなく力強い。

「挫折から始まるのは、いいと思うよ。でもいつまでも挫折に引っ張られてると、呑み込まれて勝てるものも勝てなくなる」

さあ、飯だ飯だ。楽しそうに言って、スキップでもするような足取りで、蔵前は食堂へと歩いて行く。

「八千代、俺達も行こうよ。腹減った」

八千代は数拍置いてから「そうですね」と答えた。ただの返事なのに、こちらの胸に染み渡ってくるような、不思議な温かさがあった。

今この瞬間、この場所から、何かが始まるような気がした。

スパート

初めて訪れた六甲《ろっこう》アイランドは、不思議な街だった。

神戸港の中に作られた人工島で、平地に整然と建物が並んでいる。人が暮らしやすいよう計画的に美しく作られた街なのがわかった。

第101回日本陸上競技選手権大会男子・女子20キロ競歩のコースは、そんな六甲アイランドの南にあった。目の前は海だ。波音こそ聞こえないが、磯の香りがスタート地点付近に立つ忍にまで届いた。

道路が封鎖され、一周2キロのコースが作られている。場所が変わっただけで、雰囲気は能美でのレースと変わらない。観客に紛れて、忍はスタート地点を見つめた。

能美とはまた違う、首筋に突き刺さるような冷たい風に、マフラーを巻き直した。ついでにコートのポケットに両手を突っ込む。手袋もしてくればよかったと後悔した。

どうせ、レースが始まったらそれどころじゃなくなるだろうけど。

「榛名さん」

トイレに行っていた百地さんが戻ってくる。「いやあ、寒い寒い」と両腕を摩りながら、まだスタートしていなかったことにほっとした様子で胸を撫で下ろす。

「すみません、こんな寒い中、神戸まで一緒に来てもらっちゃって」

「いえいえ、先月の館山の合宿にご一緒できなかったんで、日本選手権は観に来たかったんです。八千代さん、合宿の成果が出るといいですね」

百地さんがそこで言葉を切った。コースの側にある大学が大会本部や選手の招集エリアになっている。通用口から、男子20キロ競歩に出場する選手達がぞろぞろとやって来た。

八千代より先に、長崎龍之介の姿が目に入った。八千代は少し離れたところにいる。お馴染みのサングラスをして、太腿を拳でひっきりなしに叩いている。ウォーミングアップを終えた体が冷えないよう、筋肉が縮こまらないよう、小刻みに体を動かしている。

「八千代！」

叫んでから、去年の今頃は彼にどんな応援の言葉をかければいいのか、わからなかったんだなと、しみじみ思い出した。

「焦るな！」

無理して長崎について行こうとするな。そんな思いを込めて声を張ると、ちらりとこちらを見た八千代が、中途半端な位置で拳を振った。

運営員がスターターピストルを構える。

二月の青空に向かって乾いたピストル音が鳴り響き、百人以上の選手がスタートする。先月一緒に合宿をした楓門大の選手もたくさんいて、忍は彼等にも声援を送った。

忍の中ですっかり《油断ならない人》になった男も、悠々とした足取りでやって来る。

「蔵前さーん、ほどほどに頑張ってくださーい！」

周囲に比べるとゆったりとしたペースで、蔵前が忍の前を通過する。

「おーう！　ありがと、センセ！」

二本指で敬礼をしながら、軽快に歩いて行った。50キロ競歩が主戦場の蔵前だが、四月に行われる50キロの日本選手権に向け、調整のために出場しているらしい。

「榛名さん、この一年で知り合いがたくさんできたみたいですね」

「知り合い、ってほどでもないですけど……」

選手達の姿が見えなくなってしまったから、スマホでライブ配信をチェックすることにした。コース上に数カ所配置されたカメラの映像が定期的に画面に表示される。

団子状態だった集団が少しずつ分裂し、一位集団、二位集団が形成されていく。

一位集団の後方につけた八千代が、コースの中間地点までやって来る。ちょうど忍がいる場所の、中央分離帯を挟んで反対側だ。側に楓門大の選手が二人いる。合宿した者同士、一緒にペースを作って歩いて行けたらいいのだけれど。

蔵前はそこから少し離れた第二集団にいた。口元に笑みをたたえ、余裕綽々《しやくしやく》という顔で腕を振って進んでいく。

コース上を冷たい風が吹き抜けて、首を窄めた。人工的で整然とした街を撫でる風は無機質で、素っ気なくて、じりじりと選手達の体力を削っていくような気がした。

暑いのも辛いが、寒いのも辛い。低体温症になって体が動かなくなってしまう。

レースは進み、5キロ過ぎに早くも一人の失格者が出た。八千代は幸い、まだ警告を受けていない。

「八千代いいぞ！　前に合わせていけ！」

前を通過した八千代が焦った表情を浮かべてなかったから、あえてそう声を掛けた。

八千代の姿が見えなくなって数分後、福本から電話が来た。福本も取材のため六甲アイランドに来ているのだ。せっかくだからと、忍とは違う場所——コースの折り返し地点で観戦している。ちょうど今頃、八千代がそのあたりにいるはずだ。

「八千代、どうだった？」

忍の声に、寒そうに鼻を啜りながら福本が応える。

『さっき一枚注意を出されました。私からははっきり見えなかったんですけど、ベント・ニーだったと思います。一応、次に前を通ったらチェックしてあげてください』

「了解した」

『表情は余裕そうな感じがしたんで、テンパってはいないと思います』

「流石、恋のパワーで八千代のことはよくわかるんだな」

『こういうときに茶化すと、怒りますよ』

本当にドスの利いた声で返されて、慌てて話題を変えた。

「綺麗じゃない？　八千代のフォーム」

『綺麗ですね。びっくりしました』

「そうなんだよ。蔵前さんのパワーだな」

何かあったらまた連絡を取り合おうと言って、電話を切った。百地さんが「忙しいですね」と、自分の子供を見るみたいな眼差しをこちらに向けていて、無性に恥ずかしくなる。

「すいません、騒がしくて」

「いえいえ、存分に応援してあげましょうよ」

しばらくして、反対側の車道に八千代が現れる。集団がばらけてきた。崩れた集団の中ほどに八千代はいる。

忍の目で見る限り、ベント・ニーを取られるような膝の曲がり方はしていなかった。上手いこと立て直したんだろう。

「さっき、八千代さんのフォームが綺麗だって話をしてましたよね」

「館山の合宿で、蔵前さんに鍛えられてたんで」

といっても、合宿後半に入ると蔵前は八千代のフォームに口出しをしなくなった。

八千代は黙って蔵前の後ろを歩き、蔵前はマイペースに、けれど寡黙《かもく》に歩き続けた。

その中で、八千代は蔵前の歩型をコピーした。世界陸上を歩いた、美しく力強い歩型を。

その歩型で、今、この六甲アイランドを歩いている。

15キロ過ぎで、レースが動いた。

先頭を歩いていた長崎を含めた三人の選手がペースを上げた。後ろの選手がそれを追う。八千代も長崎の背中について行った。

中央分離帯越しに、忍はそれを見ていた。

「八千代ぉー！　焦るなよー！」

声が届いたかはわからないけれど、歩型が崩れているようには見えなかった。

「八千代さん、まだ警告が出ていませんね」

警告掲示板を確認した百地さんが、胸の前で拳をグッと握った。一方、長崎には警告が一つ出ている。

もしかしたらこの警告一枚の差が、最後の最後で奇跡を呼ぶかもしれない。

コースを折り返した先頭集団が、忍の前を通り過ぎる。サングラスをしていない長崎の顔は、よく見えた。もともとそういう顔なのか、彼は微かに笑みを浮かべていた。白い歯を覗かせて、苦しいはずのレース後半を、ぐんぐんと歩いて行く。

どうしてそんな顔ができるのか。自分が強いと信じているのか。それとも、積み上げてきた練習が、彼に勝てるという確信を与えているのか。

練習なら、八千代だってしてきた。たくさんしてきた。一体、彼と八千代と、何が違うというのだ。

才能の違い、なんて残酷な答えは出したくなくて、忍は頭を振るようにして長崎の後方に目をやった。

八千代がいる。さっきより先頭との距離を詰めている。近くの選手達とペースを作って、リズミカルな足取りで先頭を追う。その中に二位集団にいたはずの蔵前が混じっていた。折り返してくるまでの間に、順位を上げたらしい。

「八千代！　蔵前さん！　ファイト！」

二人からは先頭の長崎達が見えている。その背中が、少しずつ大きくなっているのも。

自分の吐き出した白い息が、風にかき消える。図書室で本ばかり読んでいた自分が、こんな寒空の下、誰かに「ファイト」と言っているのが、堪らなくおかしい。

おかしいけれど、寒さが吹っ飛ぶくらい、体が熱くなっている。きつく巻いたはずのマフラーは、いつの間にか緩んで風に吹かれていた。

数分後、また福本から電話が来た。

『榛名さん！　八千代先輩と蔵前さん、先頭集団に追いつきました！　私の目の前で！』

福本のはしゃいだ報告に、ぎゅうっと拳を握り締めた。それじゃあ足りなくて、よし、よし、よしと、何度も何度も上下させた。

「すいません、俺、もうちょっと手前に行ってみます」

百地さんに断って、コースを遡《さかのぼ》る形で歩道を走った。レースはあと一周半だ。ゴール手前でラストスパートをちゃんと見たい。八千代を応援する人間としても、これから競歩を小説にしようとしている人間としても。

福本がいるのとは反対側の折り返し地点が見えてくる。その手前で忍は足を止めた。スマホでライブ配信の様子を見守りながら、八千代が現れるのを待つ。

走ったせいで心臓が煩《うるさ》かった。脈打つなんて可愛いものじゃない。耳の奥に、血液を送り出す音が、血管が収縮する音が、聞こえてくる。

スマホからピロンと通知音がして、百地さんからメッセージが届いた。

〈八千代さん、18キロ通過です。警告はなしです〉

〈先頭は長崎龍之介で、先ほど二つ目の警告がつきました〉

〈ついでに、蔵前さんは警告が一つです〉

後半に入っても八千代の歩型は崩れていない。蔵前に再三注意された「焦って《走り》の動きが出てしまう」という弱点が改善されている。

反対側の車道から、歓声が聞こえてきた。先頭だ。先頭が来た。

15mほどの距離の中に、十人の選手がいる。忍がこれまで観戦したレースは、終盤でここまで接戦になったことはなかった。

蔵前は後方に、八千代は一番前の五人ほどの小さな集団の中にいた。

長崎龍之介の、隣を歩いている。

忍が声を上げようとした瞬間、八千代がちらりと長崎を見た。

そして、ぬるりと体をしならせ、前に出た。他の選手の間をすり抜けるように、軽やかに、先頭に出る。

――いいぞ！　行け、そのまま行け！

喉まで出かかった歓声が、海風に攫《さら》われた。

八千代の行く手を阻むように、長崎が再び彼の隣についた。

一瞬だった。瞬間移動したようにすら見えた。

あっという間に八千代に追いつき、二人は並んだまま、コースを折り返す。

折り返しを示すカラーコーンの色が、堪らなく毒々しく、鮮やかだった。

忍に、二人が近づいてくる。

一歩また一歩と近づくごとに、長崎は前に出た。八千代との距離が開いていく。八千代が負けじとギアを上げたのに、長崎がそれを上回る。

おかしい。長崎は――あいつはもう警告を二つ出されているのに。あと一回、ベント・ニーかロス・オブ・コンタクトを取られたら失格だ。先頭だろうと、どんな好タイムで歩いていようと、失格なのだ。

なのに、どうしてあんなスピードで歩けるんだ。

八千代は、警告の一つや二つもらっても構わないと言いたげなスピードだった。有利なのは間違いなく八千代だ。そのはずなのに、長崎との差は開いていく。

目の前を、長崎が通過する。風圧が忍の頬に届く。

笑っていた。やはり、彼は笑っていた。どちらが有利だとか不利だとか、そんな浅はかな考えを吹き飛ばすような表情だった。

遅れて、八千代が忍の側を歩いて行く。体の芯が抜かれてしまったみたいに、歩く姿に力が籠もっていない。今にもぷつりと電源が落ちてしまいそうな顔をしていた。

——あいつが前を歩いてると、あの背中に呑み込まれそうになるんです。

去年、金沢で海鮮丼を食べながら、八千代はそう話してくれた。今なのかもしれない。今、八千代は長崎に呑み込まれたのかもしれない。

「八千代！」

遠ざかる背中に、叫んだ。

「——大丈夫だ！」

何が、どうして、大丈夫なのか、言葉にできない。ただ「大丈夫だ」と彼に届けたかった。お前は大丈夫だと思っている人間がいると伝えたかった。

後続の選手が忍の前を通過する。そのうちの何人かが、ゴール前のスパートで八千代を抜いた。

その中には蔵前の姿もあって、追い抜き様に、八千代の背中をぽんと叩いた。

日本選手権男子20キロ競歩の優勝は、長崎龍之介。蔵前は七位で、八千代は八位だった。八位までが入賞だ。八千代は、初めて大会で入賞した。

なのに、「やったな」なんて声を掛けることができなかった。

表彰台で賞状を受け取った八千代は、強いて言うなら無表情だった。喜んでもいなければ悔しがってもいない。ここではない別の世界を、ぼんやりと眺めている。

一位から八位まで、入賞者が横一列に並ぶ。一位の長崎が一番高い台に立ち、二位、三位と表彰台が低くなる。四位から八位までは同じ高さ。同じ高さだけど、大きな差がある。

写真撮影の際に隣にいた蔵前が八千代の肩に腕を回したけれど、彼が笑顔を見せることは最後までなかった。

「八千代先輩、笑顔は見せてくれませんね」

一眼レフカメラで八千代の姿を写真に収めながら、福本が呟く。

優勝した長崎は、嬉しそうに観客に向かって手を振っていた。人懐っこそうな笑顔をしている。レース中とは違った種類の笑顔だ。

彼がレース中に浮かべていた、好戦的で、牙はないのに敵意を剥き出しにしているようなあの顔が頭から離れなくて、表彰式が終わってからも忍は長崎の姿を探した。

「長崎さん！」

実業団の選手と談笑しながら控え室のある大学の建物から出てきた彼を見つけて、忍は叫んだ。観客が入れるエリアは限られていて、彼のもとへ駆け寄ることはできない。エリアを区切るフェンスを握り締めて、忍は長崎の名前を何度も呼んだ。

三度目で長崎は忍に気づき、一緒にいた選手に一言断って、こちらに駆け寄ってきた。

「篤彦の友達の人ですよね！　去年、能美で会いました」

意外にも、彼は忍のことを覚えていた。

「どうして、レース中にあなたは笑ってるんですか」

自己紹介すらしたことがない相手に、忍は唐突に問いかけた。

長崎は一瞬、黙った。忍の質問を咀嚼して、考えて、すぐにまた笑う。「あははっ！」と顔をくしゃくしゃにして、肩を揺らす。

「今日のレース、風が強かった割にスピードレースだったじゃないですか。最後の最後で篤彦が前に出てくるし、燃えちゃって。楽しかったあ」

心の底から楽しいレースだった、という口振りに、どこか高いところから突き落とされた気分だった。

長崎が何か続けようとしたが、彼に取材をしたいらしいメディア関係者が近寄って来た。

「すみません、いきなり話しかけちゃって」と一礼して、忍はその場を離れた。長崎は「また今度」なんて手を振って、すぐにインタビューに答え始めた。

「――競歩、すっごく好きなんで、今日のレースも楽しかったです」

はきはきと答える長崎の声は無邪気で、屈託《くったく》がなくて、だからこそ刺さる。競歩選手でもなんでもない忍の胸に刺さる。

長崎は、表彰式の前後に八千代と話しただろうか。忍にしたような話を、八千代にしただろうか。

視界の隅で火花が散ったような感覚がして、はっと顔を上げた。八千代がいた。

忍を見て、長崎を見て、再び忍に視線を戻し、彼は肩を竦めて笑った。

どうしてだか、笑った。

「なんで先輩が龍之介と話して悔しい顔をするんですか」

呆れ顔で、八千代がフェンスに両手を置く。

「そういう顔してるか？」

「してますよ」

「そういうお前は、意外と元気そうじゃんか。ゴール手前でふらふらしてたくせに」

てっきり、去年の能美のように、日本インカレのときのように、自分自身を許せないという顔で俯《うつむ》いていると思ったのに。

「勝てると思ったんですよ」

ぽつりと、八千代がこぼした。

「体がリズムよく動いて、歩いていて気持ちがいいレースでした。ラスト1キロを切ったところで、勝てると思ったんです。なのにあいつは追いかけてきて、俺がどうしたってついていけないスピードで、抜き去っていきました。ああ、これは、絶対勝てないな、って思ったら、力が抜けちゃって」

結局、八位でしたよ。なんて言いたげな顔で、八千代は吐息を漏らすみたいに笑う。

「こうも、こてんぱんにされると、意外とどろどろした悔しさってないもんですね」

言葉通りの清々《すがすが》しい表情を、彼はしていた。

「俺は、陸上の神様に選んでもらえなかった。それでもこの世界にしがみついてきました。これからもしがみついて行くんでしょうけど、今日、何かが一区切りついた気がします」

目の奥にほんのりと寂しさを覗かせた八千代に、喉から「俺だって」と声があふれる。

「俺だってそうだ。小説の神様は、俺のことなんて見限ってどこかに行っちゃったよ」

お前だけじゃないよ、と慰めたいのだろうか。自分でも、よくわからない。

ただ、八千代は微笑んだままだった。

「小説の神様って、ちょっと書けなくなっただけで、作家を見捨てるものなんですか？」

無邪気な質問は、無邪気だからこそ返答に困った。

「陸上は、そうです。タイムが、レースの結果がすべてです。結果が出せなくなったら競技の世界に居場所をもらえない。でも、先輩のいる世界は違うんじゃないですか？」

小説の神様の視線に耐えかねて、目を閉じ耳を塞いでいたのは、俺自身だ。そんなの、自分が一番わかっているくせに。

「小説のことはよくわかんないですけど、先輩はまだ、小説の神様とやらに見捨てられてないと思いますよ」

「なら、お前だってまだ……陸上の神様は、お前に向かって手を振ってると思う」

こっちだ、こっちだよ。神様は八千代に手を振り続けている。こっちで待ってるから、頑張って歩いてこい。辛いだろうけど、苦しいだろうけど、歩いてこい、って。

「小説家っぽいこと言いますね。さすが元天才高校生作家だ」

こちらを茶化した八千代が、突如無言になる。目が、何かを思案する色に染まる。こちらも軽口を返すタイミングを失ってしまう。

しばらく何やら考えていたと思ったら、八千代は突然吹き出した。

「思い出しました。先輩の小説の中にあったじゃないですか。留年が決まっちゃった主人公が、卒業式で同級生を送り出すシーンですよ。『胸の奥を爽やかな風が吹いてる気分だ』って。『爽やかだからこそ、じわじわと痛い』っていう文章。あんな感じです、ボロ負けした今の俺の気持ち」

『アリア』の一節を読み上げ、八千代が長崎を見た。まだインタビューを受けている。話すのが好きな性格なんだろう。インタビュアーからの質問に、次から次へ答えていく。

「ああいうところが、高校の頃からあんまり好きじゃなかったんですよ」

長崎から視線を外すことなく、八千代は言った。

「あいつを見てると、自分にないものを箇条書きで見せつけられてる気分になるんです。別にあいつみたいになりたいって願望はないはずなのに、どうしてだか。自分が今いる場所とか、やってることとかが、全部無意味に思えちゃいそうになる」

そんな相手に、全力を出し切って、負けた。今できる最善のレースをして、容易く置いて行かれた。

「だから、『爽やかだからこそ、じわじわと痛い』んです。『アリア』、読んでいてよかったです。自分の気持ちが見つかりました」

遠くから八千代を呼ぶ声がした。楓門大の選手達だった。蔵前の姿も見える。

「今日は、応援ありがとうございました」

そう言って離れていく瑠璃色のウインドブレーカーの背中を、しばらく凝視していた。

『アリア』は、今日、この場所で、彼の心を補うために生まれたのかもしれない——なんてロマンチックなことを考えそうになって、鼻を啜る振りをして笑い飛ばした。

第五章　二〇一八年　夏・秋

大変だね

SNSって恐ろしいな。

駅のエスカレーターを下りながら、二十二歳の若者らしくないことを考えた。同い年の子達は当たり前にSNSで自分の好きなものや日常を語り、就活にまで活用しているというのに。

本名とちっともかすらない名前のアカウントで、限られた友人とやり取りをするためだけに忍はSNSを使っている。出版社や作家のアカウントをフォローしているわけでもない。なのに、誰かのいいねやリツイートが巡りに巡って、忍のもとに届く。

桐生恭詩の新刊の感想が、スマホの画面を流れていく。

待ち合わせの時間まで余裕があったから、駅を出て近くの書店に入ってみた。見たくないのに足が向いてしまうこの衝動は、本当に、不可解だ。

店に入った直後、桐生の名前を見つけた。店に来た人間なら誰しも目にする平台に、桐生の本だけを集めたコーナーがあった。先ほどSNSで見かけた新刊と一緒に、彼の本が並べられている。

その熱量を前に、自分の胸の奥でどろりと何かがこぼれ出す。

デビューは、忍と一週間違いだったはずなのに。あの頃は、自分の方に多くの人が注目していたはずなのに。

踵を返して、店を出た。くそう、嫉妬からくる自己嫌悪ってのは、本当に厄介だ。ぶつぶつと胸の奥で言葉を転がしながら、指定された店に入った。

気分は、見事にどんよりしていた。六月も半分を過ぎて、べたついた雨が連日降り注いでいるから、余計に。

「お疲れさん」

テーブル席で数分待っていると、真咲さんがやって来た。

去年の八月にロンドン世界陸上を一緒に観て以来、三ヶ月に一度のペースで会うようになった。「飲み友達」と真咲さんは言うけれど、二人とも酒はほとんど飲まない。今日だって「魚食べたいんだけど一緒に来ない？」と誘われた。

なのに、彼は最初の注文で珍しくビールを頼むと、刺身の盛り合わせや炉端焼きには一向に興味を示さなかった。チューハイに日本酒に焼酎にワインと、酒ばかり喰らっている。

「真咲さん、仕事の方はどうですか？」

素知らぬ振りで世間話をしているのが気持ち悪くなって、おずおずと切り出す。酔っ払いたくなる理由はいろいろあるだろうが、仕事が原因のような気がした。

「聞く？　それ今聞く？」

顔は赤いが、意外と真咲さんの呂律《ろれつ》は回っていた。

「いや、目の前でそんなに飲んだくれられたら、聞きたくもなりますよ」

「ホントはさ、先月出した本がぜーんぜん売れなくて、憂《う》さ晴らしをしたかったんだけど」

真咲さんは五月に本を出したばかりだ。美味しくなさそうな顔で赤ワインを飲み干して、真咲さんは前髪をがりがりと引っ掻く。

「会心の出来ってやつだったんだけどなあ。低空飛行の俺の作家人生、ここで変わるって思ったんだけど、話題にすらなってない。いや、俺だって、作家の情熱で本が売れるなら世話ないってわかってるよ。作者の願いなんていの一番に裏切られるもんだって」

これまで何度も裏切られてきたんだから。そんな顔を真咲さんはしていた。

「それが、珍しくお酒を飲んでる理由ですか」

「いや、今日、ここに来る前に編集と打ち合わせしてて、俺が某社でやってるシリーズもの、三巻で打ち切りが決まった」

「……ああ、悪いことって、続くもんですね」

「本当にな。少しずつファンがついてきたかなって思ってたんだけど、出版社的には期待はずれだったんだろうな」

肩を落とした真咲さんが、通りかかった店員に烏龍茶を頼んだ。ここで酒を追加しないあたり、まだ言い足りないことがたくさんあるんだろう。

「榛名さんはどうなの。もう随分と本出してないじゃん」

「そうですね。『アリア』を出したのが二〇一七年の一月だから、一年半近く出してない」

半年に一本のペースで「文藝松葉」に短編を書いているが、作家らしい仕事といえばそれくらいだ。

「榛名さん、せっかく大学院に進んだわけだし、急ぎすぎてイマイチな出来の本出すよりはいいんじゃないの？」

今年の一月。内定を獲得できないまま年を越した忍は、いつか亜希子に言われた通り慶安大学大学院の入学試験に出願し、六甲アイランドでの日本選手権の直後に試験を受けた。無事合格し、四月から大学院生になった。

「将来は？　大学の先生でもやりながら作家続ける？」

「いや、正直そこまでは考えてないんです。院を選んだのは……こう言うと怒られそうですけど、時間がほしかったんで」

　この二年間でどうにか一本、小説を書き上げたい。本として送り出したい。真咲さんの言葉を借りるなら「俺の作家人生はここから変わるはずだ」と思える本を。

「真咲さん、意識してる作家はいますか？」

「いるよ、当然じゃん」

　意を決して聞いたのに、あまりにあっさりと答えられてしまって拍子抜けする。

「あ、誰かとは聞くなよ？　俺がその人といるときに榛名さんが居合わせたら嫌じゃん。『こいつ、にこにこしてて実はこの作家のこと意識してるんだな』って思われるの」

　運ばれてきた烏龍茶を一口飲んだ真咲さんは、肩を竦めて苦笑した。

「ていうか、酔ったついでに本音を言っちゃうと、榛名さんのことだって俺は意識してるよ。榛名さんの本が、俺の本を書店の棚から追い出すかもしれないんだから」

　本屋の棚のスペースには、当然ながら限りがある。新しい本が発売されれば、その分、どかされてしまう本がある。

「これでもさ、小説を書くのが好きなんだよ、俺だって」

「自己顕示欲と承認欲求を満たしてくれるのがたまたま小説を書くことだった、って言ってませんでした？」

「そうなんだけど、好きじゃなけりゃこんなしんどい仕事やるかよ」

今更のように刺身の盛り合わせに目をやった真咲さんは、「でもさあ」と箸の先で鯛《たい》の切り身を摘《つ》まみ上げた。

「好きだから書き始めたのにさ。いざ作家になるといろんな競争に巻き込まれて、焦って、いつの間にか自分のやりたいことを見失ってるんだよなあ」

初めてシリーズものの小説を依頼されて、構想を練るのが楽しかった。楽しく書いた。一巻が発売されて、売上げのデータが出た。それを見て「もっと売れるように」「人気が出るように」と考えながら書くようになった。三巻で打ち切りになってしまうなら、楽しく考えていた頃の物語をもっと書いてやればよかった。

「打ち切りが決まった瞬間に、申し訳なくなるよな。読者にも、本自体にも、話をくれた出版社にも。自己嫌悪やばい」

焼き魚の骨についた身をこそぎ落としながら、真咲さんはそんな話をしてくれた。

こういう世界なんだ。こういう世界に、俺はいるんだ。烏龍茶をちびちびと飲みながら、酔いつぶれていく真咲さんに今日はとことん付き合おうと思った。

自分のくしゃみで起きた。ベッドで寝ているのに、掛け布団がない。窓の外が白んでいて、明け方なのだとわかった。

時間を確認しようとスマホを探したら、床で真咲さんが掛け布団にくるまって寝ていた。

「うわあ、そうだった……」

昨日、閉店時間だからと店を追い出されても真咲さんは「飲み足りない」と帰ろうとせず、忍の家に乗り込んできた。

「終電がないから」と言い張って結局泊まることになったが、忍と彼の家は二駅しか離れていない。徒歩でもタクシーでも帰れたはずなのに。

互いが寝落ちするまで、いろんな話をした。というか、真咲さんが一方的に話し続けるから、忍は相槌を打つだけだった。

仕事の愚痴、かつて付き合っていた女性の話に、実家で飼っていたペットの話。果ては普段の彼からは想像つかない熱い創作論まで。その口振りに「小説を書くのが好き」というのは嘘じゃないんだなと思った。

歯を磨かないで寝たせいで口の中が気持ち悪い。真咲さんを跨ぎ、テーブルの上にあったスマホを手に取ると、時刻は五時十分だった。

歯ブラシを口に咥えて、テーブルの上に散乱したソフトドリンクの空き缶とお菓子の袋をゴミ袋にまとめた。奥歯を磨きながら部屋が綺麗になったのを確認し、なんとはなしにスマホの画面に指を滑らせた。

人間の習慣は恐ろしい。

目的があったわけでもないのに、何気なくツイッターの画面を開いてしまう。

一番に目に入ってきた投稿を読んで、スマホを床に落とした。

ゴン、と低い音が部屋中に響く。真咲さんが「うが」と声を上げ、布団にくるまった体がむくりと動いた。

「……うわ、ここどこだっけ？」

両目を擦る真咲さんに何か言おうとして、喉が窄まって声が出なかった。

〈第百五十九回直木三十五《さんじゆうご》賞の候補作は、以下の五作です――〉

午前五時ちょうどに日本文学振興会のアカウントが投稿したのは、芥川賞と直木賞の候補作だった。

その中に、昨日本屋で見かけた桐生恭詩の本が、あった。

「どうしたの？」

真咲さんが寝転がったまま手を伸ばし、忍のスマホを拾う。画面が見えたようで、「ああ今日か、芥川と直木の候補が出るの」と呟いた。

彼はそのまま、スマホと忍の顔を交互に見た。桐生を含めた五人の直木賞候補作家と、忍を、何度も何度も。

「大変だね、榛名さんも」

真咲さんがスマホを差し出してくる。「大変だね」の真意は、考えたくない。

「すみません、真咲さん」

自分の手がわなわなと震えていて、どんなに歯を食いしばっても止まらなかった。

「ちょっと、コンビニに行ってきます」

忍がスマホを受け取らなくても、そのまま走って部屋を飛び出しても、真咲さんは何も言わなかった。いい人だな、と思った。一番親しい作家仲間がこの人でよかった。

アパートを出たところで新聞配達のカブとすれ違った。

歩いた。ただただ、目の前の道を歩いた。

足を前後に動かして、腕を小さく振って、歩いた。この歩き方じゃ、八千代や蔵前や長崎のように速く歩けない。あんなに力強く前に進めない。

「……『爽やかだからこそ、じわじわと痛い』なんて」

歩きながら、喉の奥から勝手に声が出る。

「どうすれば、そんな風に悔しがれるんだよ」

書いた俺が、一番、わからないよ。

＊＊＊

一ヶ月後、梅雨も明けた蒸し暑い真夏日に、直木賞の選考会が行われた。

桐生恭詩は受賞を逃した。

胸を撫で下ろしてしまった自分を、また一つ許せなくなった。

ジャカルタ

「これ、行けそうじゃないですか？」

福本の声に、忍だけじゃなく、隣に座っていた八千代までが身を乗り出した。

八月三十日。夏休み真っ盛りの大学のラウンジは、忍達以外誰もいない。

二年前の夏にリオ五輪の中継が映っていた液晶テレビには、サングラスをかけた蔵前の横顔が映し出されている。人がいないのをいいことに三人はテレビの真ん前のソファ席を陣取っていた。

「蔵前さん、体の切れがいいというか、めちゃくちゃ調子よさそうです！」

興奮気味に語る福本を余所に、現在のタイムと残りの距離を確認する。42キロを過ぎた。日本時間の朝八時にレースがスタートし、すでに三時間が経過している。

インドネシアのジャカルタで行われているアジア競技大会（アジア大会）は、アジア版のオリンピックだ。もちろん競歩のレースもある。

今年の四月に行われた日本選手権男子50キロ競歩で優勝した蔵前は、日本代表として今日のレースに出場しているのだ。

スタートから先頭集団にいた蔵前は、一人、また一人と集団から脱落者が出る中、ゆったりとしたリズムで歩き続けている。警告も一つしか出されていない。

「アジア大会で優勝したら、ドーハ世界陸上内定、なんだよな?」

忍が聞くと、画面から視線を離さず八千代が頷いた。世界陸上で日本人最高順位に入った上で派遣設定記録をクリアすれば、東京オリンピック内定だ。

東京オリンピックまであと二年。一つ一つの大会が、オリンピックに繋《つな》がっていく。東南アジアらしい色濃い緑に囲まれたコースを歩く蔵前にも、五輪のマークが見えているんだろうか。

50キロのレースは、20キロに比べるとゆったりとしたペースだった。20キロなら1キロを四分で歩くが、50キロは四分半ほどかけて歩く。

世界記録はおよそ三時間半。ペースを上げ下げして他の選手を振り落とすというより、各選手が自分のペースで歩き、ついていけなくなった選手から後ろに下がっていくという印象だ。

「去年のロンドン世陸でも思ったけど、長いなあ、50キロって」

「競技時間の長さがネックになっちゃって、廃止が検討されてますからね」

福本の言葉に八千代が頷く。忍だけが「え、そうなの?」と二人の顔を交互に見た。

「知らなかったんですか?」と、福本が解説を始めた。

「50キロって競技人口も少ないし、何より競技時間が四時間近くかかるんで、東京オリンピックからも除外されそうになってたんです。今回は大丈夫でも、二〇二〇年以降は廃止されちゃうかもしれないですね」

「じゃあ、蔵前さん、どうするの」

「20キロのレースに出るか……もしくは、50キロが距離を短縮して新しい部門になるかもしれないので、そっちに出るか」

もしかしたら、東京オリンピックが50キロ競歩の行われる最後の国際大会かもしれない。再びテレビ画面に映った蔵前の姿を見つめて、忍は小さく息を吸った。

それまでの時間が嘘のように、あっという間にレースはラスト2キロに入った。一位は中国の選手で、蔵前は彼のすぐ後ろにつけている。実況が「さあ蔵前、最後の一周に入りました」「ここで離されたくないですよ！」と声に熱が籠もる。

「うわあ、蔵前さん、頑張れ頑張れ！」

福本がソファの肘掛けをばんばん叩く。忍も膝の上に置いた両手を握り締めた。

その瞬間、蔵前がうっすらと笑った。

一つ息を吸って——彼の全身が大きくしなる。蜃気楼のように揺らめいて、中国選手の前に躍り出る。

そのまま、1m、2m、3mと引き離していく。

ジャカルタに届くわけないのに、蔵前の名前を何度も呼んだ。蔵前が両手を広げてゴールテープを切るその瞬間まで、呼び続けた。

「わかってたけど、あの人ってやっぱり凄いんだな」

一位でゴールした蔵前が、日の丸の旗を身にまとって観客に手を振っている。その姿を、忍はソファの上で脱力しながら眺めていた。

「競歩のドーハ内定第一号だな」

昨日の朝、男子20キロ競歩が行われた。日本選手権男子20キロ競歩で優勝した長崎も出場したが、惜しくも銅メダルだった。優勝者にしか世界陸上の内定は出ないから、来年二月の日本選手権、三月の全日本競歩能美大会で世陸の出場権を賭けて戦うことになる。

後続の選手がゴールする中、蔵前のインタビューが始まった。「去年のロンドン世界陸上は悔しい思いをしたんで、どうしても勝ちたかったんです」と、凛とした表情で答えている。普段のおちゃらけた雰囲気とはまるで別人で、不覚にも感動しそうになった。

蔵前に「おめでとうございます！」とスマホでメッセージを送って、そのまま食堂に移動することにした。朝の八時からテレビと睨めっこしていたから、三人とも空腹だ。

「うわ、蔵前さんからもう返事来た」

忍が冷やし中華を一口食べたところで、蔵前が写真付きのメッセージを寄こした。国旗を大きく広げてピースサインをしている。

〈すげーだろ、俺〉

そんな短い返信を福本と八千代に見せると、感心するより先に呆れた様子だった。「金メダル取ったのに暇なんでしょうか」と言う福本に、八千代がもっともだという顔で頷く。

「50キロ歩いたあとなのに元気ですよね」

焼き魚定食をちまちまと食べながら、八千代は溜め息をこぼすように呟いた。

「50キロって……東京駅からだったらどれくらいだ？」

「藤沢《ふじさわ》あたりじゃないですか？　大手町《おおてまち》から芦《あし》ノ湖《こ》までが100キロちょっとなんですから」

さらりと例を挙げた八千代に、一瞬だけ忍は考え込んだ。大手町から芦ノ湖。それが箱根駅伝の往路にあたると気づいて、何と返すのが正解かわからなくなった。

そうこうしているうちに、早々に食事を終えた八千代がトレイを持って立ち上がる。

「今日も午後から練習するんだろ。手伝おうか？」

昨日は男子20キロ競歩を観戦したあと、日が暮れるまで八千代の練習に付き合った。来週には八千代も出場する日本インカレがある。

「今日はストローだけにするつもりなんで、いいですよ。榛名先輩、昨日は熱中症寸前になってたじゃないですか。二人はゆっくりどうぞ」

そう言って八千代は食器を下げると、炎天下をグラウンドへ歩いて行った。もうすぐ九月だというのに暑さは和らぐ気配すらない。

二年前、ラウンジで号泣している彼を見つけたときのことを思い返した。

彼は、よくもまあ二年間も黙々と競歩をやっている。レースでは思ったような結果も出ていないし、大学には競歩をやる仲間もいない。しかも、自分が諦めた箱根駅伝に向かって練習に励む選手がたくさんいる中で。

「榛名さん」

学食のシンプルな醬油ラーメンを啜りながら、隣に座る福本が頭を上げた。

「八千代先輩、どうしてああやって黙々と競歩をやってられるんでしょう」

どうやら、彼女も忍と同じことを考えていたらしい。「そりゃあ、東京オリンピックのためだろ」と言おうとして、福本にはこの話をしていないことを思い出した。

「榛名さん、何か知ってるんですか？」

大きな目をすーっと細めて、福本がこちらを探るように見てくる。八千代に無断で教えるのは気が進まないと答えに窮していたら、名前を呼ばれた。

振り返ると、亜希子が手を振っていた。ポニーテールにした髪と売店のレジ袋を揺らしながら、忍のいるテーブルに駆け寄ってくる。

「忍、学校来てたんだね」

「亜希子こそ」

「医学部は今週からもう授業が始まってるよ」

え？　と声を上げて、夏休み前に亜希子がそう話していたのを思い出す。医学部の五年生になった彼女は、四月からずっと病院実習で忙しい。実習は六年の夏頃まで続くらしく、顔を合わせる機会もめっきり減った。

同じ大学で学ぶ同級生のはずなのに、びっくりするくらい、時間の進みが違う。

「忍は？　何してたの？」

朝からラウンジでアジア大会を観戦してました、なんて言っていいのだろうか。同級生はほとんどが就職し、今頃必死に新社会人として働いているのに。

「今、ジャカルタでアジア競技大会が開催中なんです」

忍に代わって、福本が説明してくれた。

「榛名さんが以前取材した選手が出場してるので、みんなでテレビで応援してたんです」

「へえ、そうなんだ。なんか楽しそう」

嫌みでもなんでもないはずなのに、亜希子の「楽しそう」という言葉が、ちくりと刺さる。

「じゃあ、またね」

忍と福本に手を振って、亜希子が食堂を出て行く。小走りで医学部の建物に向かって行くのが窓越しに見えた。

「榛名さん、彼女さんと上手くいってないんですか」

レンゲ片手に福本が聞いてくる。

「彼女じゃないってば」

「あー、はいはい、じゃあお友達でいいです。お友達と上手くいってないんですか？」

「考えてみろ。モラトリアムを二年延長した大学院生と医学部の五年生だぞ」

「箱根駅伝のランナーと、テンション上がって沿道を走っちゃってる観客くらい差がありますね」

ぐうの音も、出なかった。

日本インカレ

ああ、そうか。あいつ、もう大学四年生なんだ。

そんな当たり前のことに気づいたのは、陸上部の三年生がトラックに向かって叫んだときだった。

「八千代せんぱーい！　最後ですよー！」

そうだ、彼は大学四年で、これが最後の日本インカレなんだ。

蔵前直伝《じきでん》のしなやかなフォームでコースを歩く八千代は特にリアクションしなかったけ

れど、応援の声は聞こえただろう。

九月の上旬に四日間かけて行われる日本インカレ。今年の会場は神奈川の等々力《とどろき》陸上競技場だった。

スタンドに陣取る慶安大陸上部に紛れて、忍も隅の席に座っていた。福本は新聞部の学生記者達と共に走り回っている。八千代が四年ということは、彼女も三年生だ。後輩らしき記者にテキパキと指示を出す姿はなかなか凜々しい。

日本インカレ二日目の今日、時刻はすでに午後四時半で、慶安大の選手では八千代が最後のレースだった。

一週間前に見た50キロ競歩に比べたら、10000mなんて一瞬だ。すでにレースは5000mを過ぎ、一段と先頭のスピードが上がった。

アジア競技大会に出場した長崎が欠場しているとはいえ、日本選手権で八千代よりいい成績を収めた選手が何人もいる。

「相変わらず速いなあ、10キロって……」

スタンドにいた部員全員が八千代の名前を呼んだ。なんだよ、ちゃんと他の部員もお前を応援してるじゃないか。遠慮して一人で能美や神戸に行かなくても、誰かに「協力してくれ」と言えば手を差し伸べてもらえたんじゃないのか。

先頭がラスト一周に入る。八千代は、先頭の三人から五秒ほど後方にいた。

「八千代！　ラストだラスト！」

スタンドから、忍も叫んだ。八千代はラスト一周に入ってぐんと前に出た。ジャカルタの蔵前の姿を思い起こさせる動きだった。先頭に合流する。すると一番前にいた選手がさらにギアを上げた。八千代も食らいついていく。

忍は、もう一度彼の名前を叫んだ。

トラックをぐるりと回り、先頭が最後の直線に入る。慶安大の瑠璃色のユニフォームを見つめたまま、忍は息を止めた。それが何になるかなんてわからない。でも、神様への願掛けくらいにはなる気がした。

四人の集団から、一人が抜け出る。一歩、二歩と他の選手に差をつける。

すると、まるでコースの上を滑っていくように、一瞬で距離が開いた。

そのまま、彼はゴールする。両手を広げてゴールラインを跨ぎ、我慢の限界だとばかりに走り出す。両足のバネを弾けさせ、仲間のいるスタンドに走っていった。

黄色い歓声の中を泳ぐようにして、忍達の目の前を横切る。レモンイエローのユニフォームが眩しかった。

八千代が四位でゴールする。赤いコースに瑠璃色のユニフォームが崩れ落ち、仰向けになって天を仰いだ。腕で目元を隠して、胸を大きく上下させて、何かを叫んだ。

四位だ。しかも日本インカレだ。大学日本一を決めるレースで、四位だ。立派な成績だ。

ここまで辿り着けずに競技人生を終える人だって、大量にいる。

座席から腰を上げて、忍は階段を下った。スタンドの手すりから身を乗り出し、大きく息を吸って、叫ぼうとした。

四位だぞ、四位！　もっと胸張れよ！　お前は頑張ったよ！

言いたかったのに、勢いが萎《しぼ》む。全く別の――歓声でも賞賛でも励ましでもないものがむくむくと湧き上がってくる。

八千代は今日、最後のスピード勝負で負けた。二月の六甲アイランドでの日本選手権でも、ラストのスパート合戦で負けた。

忍がこれまで見てきたレースはどれもそうだった。彼は終盤のスピード勝負でいつも引き離される。だからずっとスピード強化のトレーニングを積んできた。

瞼の裏で、ジャカルタの色濃い緑が揺れた。熱い日差しと、蒸した風に躍った。

忍の思考を遮るように八千代がこちらに駆けてきた。忍の背後から拍手が起こる。慶安大の陸上部の面々が「お疲れ様！」と手を叩いていた。

スタンドの前まで来た八千代が、深々と一礼する。拍手はより大きくなった。

手すりを握り締めて、忍は彼のつむじを凝視していた。

「凄いでしょ、八千代先輩」

拍手が小さくなっていく。忍の側で誰かが八千代を賞賛した。

福本と、後輩の記者だった。

「日本インカレ四位なんて、ホント、凄いよね」

堪らず、彼女に詰め寄っていた。一眼レフカメラを抱えた福本は最初、八千代の健闘を称《たた》え合おうとぱあっと笑顔になった。

でも、忍の顔を見て不審そうに眉を寄せる。

「榛名さん？」

確かに、凄いんだ。あいつは凄い。でも、違う。

「あいつが目指してるのはここじゃないんだ」

日本インカレ四位じゃ、駄目なんだ。

「八千代が立ちたいのは、もっともっと、凄い舞台なんだよ」

下を見ると、不思議と八千代と目が合った。清々しい顔をしている。日本選手権のときと一緒だ。出し切って、やり切って負けたという顔だ。

彼の胸には、また爽やかな風が吹いているのだろうか。『爽やかだからこそ、じわじわと痛い』というのか。

「八千代！」

手すりに縋《すが》りつくようにして、叫んだ。忍がそのまま飛び降りるとでも思ったのか、八千代が目を丸くする。

スポーツなんて碌にやってこなかった、ちょっと競歩に詳しい、スランプ中の元天才高校生作家の言うことなんて当てになるか。

自信なさげな心の声を、自分の声で振り払った。

「八千代、50キロだ！　50キロ、歩こう！」

開けたグラウンドを吹き抜ける風は、あくどいくらい、暑い。外灯がぼんやりと青色のトラックを照らす。九月になったとはいえ、夜はまだまだ蒸した。

そんな中、八千代はストローしている。ゆったりとしたペースで、外灯の光の届く場所から、届かない場所へ、再び光の下へ。

リズミカルな足音が少しずつ大きくなるのを、忍は芝の上に両足を投げ出して聞いていた。掌で芝を撫でると、皮膚の薄いところにピリッとした痛みが走る。

こちらは応援していただけでも暑さにやられているというのに、10キロも歩いたあとに、どうして大学に帰ってきてストローする気になるのだろう。

「八千代」

目の前を通りかかったタイミングで、彼の名を呼んだ。

「あんまり歩きすぎるのもよくないと思うけど」

忠告すると、八千代はすぐにストローをやめた。隣に置いてあったスポーツバッグからタオルを出してやると、顔と頭を拭って、呆れた様子で溜め息をつく。

「榛名先輩が妙なこと言い出すからですよ」

50キロを歩こう。等々力陸上競技場で叫んだ忍に、八千代は「はあ？」と首を傾げた。人が最後の日本インカレを終えたっていうのにあんたは何を言ってるんだ、という顔で。

「50キロって、どういうことですか？」

「会場でも言ったじゃん。今日のレースと、今までのレースと、アジア大会での蔵前さんのレースを観て、八千代は50キロの方が勝てるんじゃないかと思った」

ラスト5キロでスパート合戦になる20キロに対し、50キロは果てしなく長い距離を安定したフォームで歩くことが求められる。

単純な距離の違いではない。同じ競歩でも求められる能力が違う。

「蔵前さんと八千代の歩き方は似てる。いや、合宿のときに蔵前さんとあれだけ練習したんだから、似てて当然なんだけど。あの冬合宿のあと、日本選手権に能美での全日本競歩に、関東インカレに、日本インカレ。八千代は確実に速くなった。歩型も綺麗になって、注意も警告も取られなくなった。なのに、いつもスパート合戦で競り負ける」

「20キロじゃもう日の目を見ることがないだろうから、50キロを歩けってことですか」

八千代の言い方には、明らかに棘《とげ》があった。無人のトラックを見つめながら、忍は芝を撫でつける。

「そうだ」

喉の奥に力を入れて、頷く。八千代が息を呑んだ。「そうじゃないんだ」とおろおろ弁明すると思っていたんだろう。

「日本選手権のとき、言ってただろ。『胸の奥を爽やかな風が吹いてる気分だ』って。八千代だってわかるだろ？　このままじゃ、東京オリンピックに出られないって」

東京オリンピックまで二年を切った。日本選手権、全日本競歩、世界陸上、すべてのレースの先に、オリンピックが仁王立ちしている。

「八千代のフォームを見てると、ゆったりとしたペースで長い距離を歩く方が向いてると思うんだ。それに、お前は慶安でずっと一人で競歩をやってきた。そういう、一人でも自分のペースで生きられる奴って、50キロの方が合ってる気がして」

静かに、芝から立ち上がる。自分より背の高い八千代を、忍は見上げた。

「お前、20キロで長崎龍之介に勝ちたいわけじゃないだろ？　オリンピックに出たいんだろ？　お前の綺麗で安定した歩型は、50キロで化けるかもしれない。なら……」

「よく、そんな提案できますね」

何を考えているのか読めない顔を八千代はしていた。

「20キロですらゴール後にぶっ倒れてる俺に50キロが向いてるなんて、競歩どころかスポーツすら碌にしたことない先輩が、どうして自信満々に言えるんですか」

「自信があるわけじゃないよ。でも、言わないわけにいかなかったんだ」

だって、自分は彼が勝つところを見たいんだ。長距離を諦め、競歩に転向し、足掻きながら孤独に戦ってきた八千代篤彦という男が笑顔でゴールする瞬間を見たい。

「こっちは、二年も20キロ競歩で頑張ってきたんですよ。結構しんどい練習を、割と何度も心が折れそうになりながら、やってきたんですよ。そんな奴によく、20キロじゃ勝てないから50キロを歩け、なんて言えますね」

「『どれだけ言い訳したって、どんな事情があったって、競技の世界では結果がすべてですから』――そう言ったの、お前じゃないか」

去年の三月、金沢で一緒に海鮮丼を食べながら八千代はそう言った。綺麗に繰り返した忍に、八千代が一歩後退る。自分の言葉が自分に返ってくる痛みに、呻くみたいに。

「スランプだってぐずぐずしてた俺に、負けを認めることを教えたのはお前だったよ」

負けた自分を抱えて立ち上がれずにいた榛名忍の肩を、「いい加減、自分を慰めるのは終わりにしろ」と叩いたのは、間違いなく彼だった。

何より、彼は、『アリア』の読者なのだ。榛名忍の読者なのだ。

「50キロに転向しろなんて、お前じゃなかったら、こんな酷いこと言わないよ」

もし、誰かが忍に対して「君はもう小説じゃ先がないから」と言ってきたら、平手で殴るくらいは、きっとする。

溜め息が降ってくる。大きく息を吐き出して肩を上下させた八千代が、汗に濡れたこめかみを小指で掻く。

暗いはずのグラウンドを、一瞬だけとても眩しく感じた。外灯の光が強くなり、暗がりに浮かぶトラックの青色が、鮮やかに忍の視界で光る。

夏と秋が入り混じった夜風が、競歩の足音に聞こえる。耳の奥で、たくさんの選手の息遣いがざわめいた。

「先輩じゃなかったら、殴ってますよ」

そんな奇妙な浮遊感を切り裂くようにして、八千代が言った。笑顔半分、憤り半分という顔で、忍を見た。

「蔵前さんでも殴ったかもしれないです」

今度は、はっきりと笑顔になる。肩を震わせる八千代の笑い声は、次第に大きくなっていった。蔵前を殴る自分を想像して、余計におかしくなったみたいだ。

「50キロって、四時間近くかかりますからね。応援する方もしんどいですよ？　いや、一番しんどいのは、実際に歩く俺だけど」

笑いながら、忍の残酷で無鉄砲な提案を、受け入れた。あまりにも軽やかに、しなやかに、まるで競歩の歩型みたいに。

「……本気か」

自分で提案したくせに、思わずそう問いかけてしまう。

「十月の終わりに全日本50㎞競歩高畠《たかはた》大会があります。申し込み締め切り、ぎりぎり間に合います。練習でも50キロ歩くことになるんで、それに付き合う先輩の負担も増えますけど。覚悟しておいてくださいね」

はっきりと言った八千代に、息を吞むのは忍の番だった。彼の言葉を脳裏に刻みつけた。

ああ、俺も、覚悟をしよう。50キロを歩く彼と共に、小説家として戦う覚悟を決めよう。

小説を、書こう。

「ああ、織り込み済みだよ」

小説の世界だったら、ここで握手なりハイタッチなりするのかもしれない。どれもこれも今更のような気がして、でも手持ち無沙汰で、二人揃って困った顔で笑った。

徒歩三十分（競歩だと十分らしい）かけて通学している八千代とは、駅前で別れた。改札をくぐろうとした直前、福本から何故か近くのラーメン屋の地図だけが送られてきた。

地図の通りにそのラーメン屋に向かうと、カウンターで福本がラーメンを啜っていた。

「ラーメン屋の地図だけ送ってくるなよ」

店員に会釈して福本の隣に腰掛けると、彼女はもうラーメンをほとんど食べきっていた。

「なんだよ、もう食べ終わるじゃん」

「替え玉するんで、気にせず榛名さんも食べてください」

素っ気ない口調で言われて、渋々福本と同じ豚骨ラーメンを注文した。

「八千代に50キロを勧めたこと、もしかして怒ってるの？」

カウンターに頬杖をついて、福本に聞く。

「怒ってるわけじゃないです。ただ、不満なだけです」

「それ、要するに怒ってるんじゃないの？」

「私が口を出すことじゃないですから。決めるのは八千代先輩ですし。それに、八千代先輩、やるって言ったんじゃないですか？」

「……何故わかる」

麺を食べきった福本が、丼をカウンターに置く。「替え玉お願いしまーす」とにこやかに言って、そのまま忍のことをじとりと睨んできた。

「わかりますよ。榛名さんと八千代先輩、最初は仲悪かったくせに、最近は同志って感じじゃないですか。だから八千代先輩は、榛名さんの提案なら受け入れちゃう気がして」

三十分ほど前の出来事を綺麗に言い当てられて、忍は閉口した。

「50キロに転向だなんて、無謀ですよ。20キロの倍以上あるんですよ？　あれは地球上で最も過酷なスポーツです。しかも、東京オリンピック以降は廃止されちゃうかもしれない。今からそんな競技に挑むなんて……」

「いいんだよ」

注文した豚骨ラーメンを目の前に置かれて、忍は真っ赤な紅ショウガを睨みつけた。

「今の八千代が見てるのは、東京オリンピックだから」

箸で掬《すく》い上げた麺に、ふーっと息を吐きかける。その音と、福本の溜め息が重なった。

「『凄い舞台』って、そういうことですか」

替え玉の入った丼を前に、福本は頭を抱えた。再び聞こえてきた溜め息には「男子ってホント馬鹿」という声が混じっていた気がする。

「……そっか」

なのに、妙に優しい声色で「そういうことだったんだ」と目を伏せる。

「この二年、八千代先輩のことを個人的にも、記者としても追いかけてきて、ずっと疑問に思ってたんです。どうして競歩をあんなに頑張れるんだろうって」

そっか、オリンピックだったんですね。ぽつりと、彼女は呟いた。

「先輩はずっと、箱根駅伝に囚われてるんじゃないかと思ってました。箱根のひと区間の距離が大体20キロだから、だから、20キロ競歩を頑張ってるんだって。自分がいられなくなった長距離走の世界を、そうやって見返してやるつもりなんだって。でも、そうじゃなかったんだ。先輩、ちゃんと目指すものがあったんだ」

替え玉の入った丼を見つめる彼女の横顔には、自嘲めいたものが貼り付いていて、なんと相槌を打てばいいかわからない。

麺を箸で持ち上げたまま、じっと彼女を見ていた。

「私、二年前は榛名さんのことを、何もわかってないのに取材なんて来て、って怒りましたけど、意外と何も見えてなかったのは私の方かもしれない」

福本が麺を啜る。冷めてしまった麺を口に詰め込み、忍は慌てて首を横に振った。

「いや、流石に、同じ高校の後輩に『オリンピックに出たい』とは言えないと思うぞ、あいつの性格的に。俺と八千代は、なんというか……やってることは全然違うけど、たまたま、同じ状況にいたんだ。自分がなりたかった自分になれなくてもがいてるときに、似たようなものを抱えた奴に出会ったってだけだ」

「男の友情ってやつですか？」

「どっちかっていうと、相手の中に自分を見たんじゃないかな」

少なくとも、忍はそうだったのだ。八千代を通して、自分を見ていた。不甲斐ない自分を見ていた。

「それに俺は、福本さんにあの日声を掛けてもらえて本当によかったと思ってる。じゃなきゃ、競歩小説を書こうなんて思わなかった。自分がスランプなのをぐちぐち言い訳して、焦って不安になって就活して、やりたくもない仕事に就いて、忙しさにかまけて小説を書かなくなって——そのまま小説家として死んだと思う」

これが福本に対するフォローになるとはとても思えないけれど、それが忍の本音だった。

「四十とか五十になった頃、若い部下に向かって偉そうに『俺は昔、凄かったんだ』って作家だったことを自慢するんだ。若い子が気を使って『凄いですね』って言ってくれるのを真に受けて、気持ちよくなって。そんな格好悪い大人になってたと思う」

そうはなりたくない。デビュー作となる小説を書き上げて、胸を躍らせながら封筒に詰めて、郵便局に抱えていった頃の自分に失望されない自分でありたい。

売れなくたって、貧乏だって、大勢の人から愛されてなくたっていい。本が好きで、小説を書くのも好きな、小説家の榛名忍でありたい。

忍の言葉に応えることなく、福本はそのままラーメンを食べ続けた。忍も黙って麺を啜った。忍より先に完食した福本は、何故か紙ナプキンで何度も何度も鼻をかんでいた。

「流石、元天才高校生作家ですね」

福本まで、そんなことを言ってくる。喉に力を入れているような、くぐもった声だった。

「俺程度の作家、そこら中にたくさんいるよ。代わりも、いくらだっている」

「そんなことないですよ。榛名さんは世界でたった一人きりです」

当たり前のようにそう言った福本に、今度は忍が口を噤む番だった。

お世辞のような慰めなんて、ほしいと思ったことがなかった。なのにどうして、『世界でたった一人です』という言葉がこんなに染み入るのだろう。

世界でたった一人きり。とても孤独な言葉だ。孤独だからこそ、心強い。

「ありがとう」

わかりやすい慰めの言葉に喜んでいると悟られたくなくて、短く礼を言った。声が擦れて余計に恥ずかしかった。

高畠

「競歩って、観戦しづらい競技ですよね」

高畠駅前のビジネスホテルからタクシーに乗り込んだ直後、ふとそんなことを思った。

「競歩の大会って、能美とか輪島《わじま》とか高畠とか、東京からすると遠方が多いじゃないですか。しかも、今日みたいに八時スタートとかが普通だから、前泊しないと観に行けない」

隣に座っていた蔵前が「確かにね」と欠伸《あくび》を噛み殺しながら肩を竦めた。

「道路を封鎖して一周2キロのフラットなコースを作れる場所も限られてるし、仕方がないっちゃ仕方がないけど」

日本インカレから一ヶ月半ほどしかたっていないのに、全日本50㎞競歩高畠大会当日を迎えてしまった。

八千代がこのレースに出場することを蔵前に伝えると、彼は「え、じゃあ俺も観に行くわ」と上機嫌で新幹線やホテルの手配を始めた。蔵前はすでにドーハ世界陸上に内定しているから、今日のレースに出場しないのだ。同じ新幹線に乗り、同じホテルに泊まったけれど、八千代が50キロを歩くことをどう思っているのか、聞けずにいる。

十分ほどでコースの近くに着いた。何度も高畠で歩いている蔵前の案内で片側一車線の道を進んでいくと、「昭和縁結《しようわえんむす》び通り」という東西に延びる商店街に出る。その名の通り、昭和レトロな雰囲気の商店街だった。

「あ、ここの蕎麦《そば》、美味いんだよ。レース終わったら食って帰ろ」

勝手知ったるという顔で、蔵前がコースの途中にあった蕎麦屋を指さす。大会の運営員とすれ違うと「クラ、今日は歩かないの？」「ジャカルタで頑張ったからお休み！」と楽しそうに言葉を交わした。

スタート・フィニッシュ地点は、交差点のある開けた場所だった。歩道に白いテントが点々と建てられ、運営員が慌ただしく走り回っている。メディアの姿ももちろんある。朝早いのにすでに沿道に立つ観客もいる。

「八千代、今日は珍しく一人じゃないんだろ？」

スタート地点付近で足を止めた蔵前が、縁石に片足をのせて周囲を見回す。ちらほらと選手の姿があるが、八千代の姿は見えない。

「陸上部から一人、マネージャーが帯同してくれてます」

「駅伝シーズン真っ盛りのこの時期に、ありがたいねえ」

八千代から頼んだのか、向こうから申し出てくれたのかはわからない。わからないけれど、その話を聞いたときは心からよかったと思った。

「ていうか、あいつよく一人でやってたよな。給水とかどうしてたんだろ」

「気合いだ、ってこの前言ってましたけど」

「それで二年もやってきたんだから、50キロには向いてるのかもな」

あ、これは、蔵前に聞くチャンスだろうか。そう思った瞬間、選手達がコース沿いの待機スペースからぞろぞろと現れた。

全部で四十人ちょっと。能美や六甲アイランドでのレースよりも少ない。50キロの過酷さと競技人口の少なさを表している。

「さあ、始まるぞお。長くて辛くて苦しい、三時間越えの超絶怒濤に過酷なレースが」

不吉な言葉を楽しそうに吐く蔵前に、忍は唇を引き結んだ。

目の前をスターターの運営員が横切っていく。ざわついていた選手達の群れが、一瞬で静かになった。

八千代を見つけた。お馴染みのサングラスをかけ、前を見つめている。コースの先。積み重なった時間の香りが漂ってきそうな古びた商店街の先。もっともっと先を、見ている。

忍は今日初めて空を見上げた。真珠のような色をしていた。透き通るように白く、しかしどこまでも広がる深い色。能美の空と同じ色に、遠く離れた高畠の空も染まっていた。

真珠色の空に、乾いたピストルの音が打ち上がった。

足音が近づいてくる。《歩く》という実に人間らしい行為を、《ルール》という実に人間らしい囲いの中で磨き上げ、強さを求めて前へ進む音だ。

忍の目の前を選手達が通り過ぎていく。八千代以外には知り合いなどいないのに、その姿がとても尊いものに見えて仕方がなかった。不思議と涙が込み上げてきた。

レースは、これから始まるというのに。

「歩くって、大変なんだ……」

涙を堪えて、呟いた。蔵前が前を行く選手に片っ端から「頑張れ！　死なない程度に頑張れ！」と檄を飛ばした。

スタートから一時間ほどたった頃、福本と合流した。肩で息をしながら駆けてきた彼女に蔵前が腹を抱えて笑うから、忍も我慢できず吹き出してしまった。

「酷い！　女の子が心細さに負けず一生懸命ここまで来たのに！」

忍は昨日の夕方に新幹線で高畠まで来たが、福本は「お金がない！」と夜行バスで米沢《よねざわ》駅に今朝到着する予定だった。米沢駅から電車で高畠まで来るはずが、バスの中で寝過ごして終点まで行ってしまったらしい。そこから一人で電車を乗り継いでやって来たのだ。

「素直に新幹線で来て前泊すればよかったのに」

「大学生がぽいぽい新幹線であっちこっち行けるわけないでしょう！　この作家成金！」

ぷんぷんと音が聞こえそうな顔で怒る福本に平謝りしていると、目の前をトップの選手が通過していった。

蔵前が彼の名前を呼んで「一緒にドーハ行こうぜ！」と叫ぶ。よくよく顔を見たら、蔵前と一緒にロンドン世界陸上を歩いた選手だった。

「あーあ、スタートから観たかったなあ」

福本ががっくりと肩を落とす。腕にはお馴染みの腕章が巻かれていた。肩からは一眼レフカメラもぶら下がっている。

「大丈夫。まだ大きな動きはないから」

先頭からやや遅れて、八千代を含む集団が通り過ぎていく。20キロに比べるとゆったりとしていて、八千代の表情や手足の動きからも余裕が感じられた。

すでに先頭は15キロを通過しているが、まだ全体の半分にすら満たない距離だ。どの選手も「まだまだこれから」という顔をしている。

後続の選手を見送りながら、蔵前が呟いた。

「50キロってさあ、長いんだよ。20キロはあっという間にラスト5キロとかになって、スパート合戦が始まる。50キロは下手にペースを上げ下げしてリズムを乱すと、自分が消耗する。どれだけ自分のペースを維持できるかが鍵なの。しかも、マラソンと違って周回コースだから、景色が変わらない。同じコースを二十五周する」

「コースが観光名所だったとしても、飽きそうですよね」

カメラを抱えて何枚かシャッターを切った福本が、ゲンナリした顔で頷いた。

「でも、悪いことばかりでもない」

コースを大きく見回して、蔵前がふふっと笑う。

「同じ場所をぐるぐるしてるから、家族とか友達とかチームメイトからの応援も、二十五回ずつある。といっても、レースが長すぎて帰っちゃったり、途中でお茶しに行っちゃったりするんだけどな」

げらげらと笑う蔵前の肩越しに、コースを折り返した選手が戻ってくるのが見えた。

日本インカレから今日まで一ヶ月半ほどしかなかったが、八千代は練習で50キロ歩を何度か行った。でも、練習と本番は全然違う。雰囲気も、コンディションも、心持ちも。

レースは20キロを超えた。八千代にとっても忍にとっても未知となる距離に、入った。

蔵前の言う通り、50キロのレースは長かった。十月末の暑すぎず寒すぎない陽気とはいえ、日陰に立っていると体が冷えてくる。ライブ配信をチェックしながらコースを一周しても、レースはあと一時間以上あった。

観客もドキドキしながら戦況を見守っているというより、観光でもするようなのんびりとした様子だ。蔵前が美味いと言っていた蕎麦屋で早めの昼食を取り始めた人までいる。

「もうすぐ35キロですよね？　先頭と結構離れちゃってますけど、大丈夫でしょうか」

撮るべき写真は撮ってしまった様子の福本が言う。再びスタート地点に戻ってきて、警告掲示板がよく見える位置を三人で陣取った。

一周2キロのコースをすでに十七周半している。ゴールまで残り15キロといったところだ。

先頭と八千代のいる第二集団との差は50ｍほど。スタート直後から集団のメンバーも歩くペースもほとんど変わっていない。

「そろそろだ」

突然、蔵前が言った。反対側の車道を進む選手達を見つめて、鼻から大きく息を吸った。

「35キロから40キロが、一つの勝負所。ここまで一周九分前後で歩いてきたけど、ここからがくっと失速する奴が多い。順位も入れ替わるぞ」

蔵前が警告掲示板を確認する。直後、「ふーん」と頰をほころばせた。

「お、八千代、警告一つか。頑張ってるじゃん」

20キロだろうと50キロだろうと、警告が三つ出たら失格になる。すでに失格になってしまった選手が三人。途中棄権をした選手が五人もいる。

蔵前の言葉の意味はすぐにわかった。

40キロ手前で先頭のペースが落ち、八千代のいる集団に吞み込まれる。緩やかに、レースが動き始めた。

八千代は、歩型こそ崩れていないが苦しそうだった。「勝負所」とは、そういうことなのだろう。20キロとは雰囲気が違う。誰もが自分と我慢比べをしながら歩いている。

「八千代、ペース守って行けよ」

顔見知りの選手に次々と声を掛けた蔵前が、八千代にもエールを送る。忍も福本もそれを真似した。「焦るな」「リズム守って」と。

すれ違い様、何故か八千代が笑ったように見えた。

「……笑った？」

彼が通り過ぎてだいぶたってから、福本に聞いた。律儀《りちぎ》にカメラを構えていた福本が、コースの先に視線をやったまま頷く。

「笑ってましたね、八千代先輩」

勝利の気配を感じているのか、余力があることへ安心感なのか。笑みを浮かべる理由は、忍には見当もつかなかった。

「余裕ありそうじゃん。ラストでいい勝負するんじゃない？」

蔵前の言葉に、忍と福本は同時に彼の顔を見た。

「自分のペースで歩けるって、楽なんだよ。誰かが上げ下げするペースに合わせるのって消耗するから。俺が50キロを歩くのも、マイペースに歩けるからだし」

「でも、50キロは廃止になっちゃうかもしれないんですよね？」

目の前を歩いて行く見知らぬ選手を横目に、福本が聞く。

「廃止っていうか、50キロが35とか30キロになる可能性が高いって話なんだよ。レースの特性は変わるだろうけど、自分の長所を活かす形で対応していけばいいって話だ。別に、強制的に競技を辞めなきゃいけないわけでもない」

ビシッと格好つけた蔵前だったが、一拍置いて「だーけーどー！」と大きく肩を上下させた。

「ぶっちゃけ、俺はこーんなに面白い50キロ競歩を廃止するって言ってる国際陸連に怒ってるからな！　東京オリンピックで目にもの見せてやる」

蔵前がふん！　と鼻を鳴らすのと同時に、警告掲示板に運営員が駆け寄った。

何人かの選手のナンバーの横に、警告の印がつけられていく。八千代の欄には警告は追加されず、忍は胸を撫で下ろした。

八千代と同じ集団にいる選手の警告の枚数を確認しているうちに、折り返した先頭集団がスタート地点までやって来た。

さっきまで縦長の五人の集団だったのに、いつの間にか選手が三人に減っている。八千代は、ちゃんとそこにいた。

「凄い！　八千代先輩、食らいついてる」

福本が黄色い声を上げた。自分の呼吸音が色めき立っているのに、忍も気づいた。

「ラスト10キロ！　頑張れ！」

そう声を上げた瞬間、調子よく歩いているように見えた八千代の体が、ぐらりと左右に揺れた。

側にいた選手にぶつかりそうになって、相手が慌てて避けた。

忍の声援は悲鳴に変わった。「ぎゃあ！」と福本が叫ぶ。八千代はすぐさま体勢を立て直し、大きく腕を振った。

足を、体を、強引に前に運ぶみたいに。

「地獄のラスト10キロだな」

蔵前が、そんな不吉なことをまた呟いた。

40キロまでは長かったはずなのに、そこからはとても早かった。

時間や距離の概念が書き換わってしまったみたいに、あっという間に1キロ、2キロ……5キロとレースが進んでいく。観客が増え、声援も増す。レースがクライマックスに向かっている。

八千代は三位につけていた。一位の選手が10mほど前、二位が手が届くほどの距離にいる。

10mなんて、ちょっとスピードを上げれば容易く埋まりそうな距離だ。なのに遠い。果てしなく遠い。

「このまま行けば、三位は固いですよね?」

頼むから「そうだ」って言って、という顔で福本が聞いてくる。

八千代はふらついた直後にベント・ニーの警告を受けた。二枚目のレッドカードだ。でも、八千代と四位の選手との間には500m近い距離がある。このまま行けば、三位でレースを終えられる。

運営員がゴール付近のコースをカラーコーンで仕切り、ゴールラインを作り始めた。三時間半を超える長い長いレースも、ついにラスト一周だ。

「我慢してついて行きたいな」

ライブ配信をチェックする忍と福本の手元を、蔵前が覗き込んでくる。スマホの小さな画面の中には、折り返し地点をぐるりと回る八千代の姿があった。

「八千代の前を歩いてる伊達《だて》っていうのは、俺と一緒に世陸に出た選手だけど、ラスト一周の粘りが凄いんだよ。48キロ歩いてきて、なんでそんなスパートできるんだってくらい」

蔵前の言葉に、忍も福本も何も言わなかった。互いの息を呑む音だけが微かに聞こえた。

先頭の選手がコースの中間地点である忍達の前を通過する。やや遅れて、八千代も通る。彼の心臓が激しく動いているのも、筋肉が軋むのも、まるで自分の体の中で起こっているようにわかった。

自分が何と声を掛けたのか認識できなかった。気がついたら彼の背中は随分と遠くにあった。瑠璃色のユニフォームが、切羽詰《せっぱ》まった様子でリズムを刻んでいた。

「あと半周です……！」

半周、半周です、と福本が繰り返す。忍も「あと1キロだ」と当然のことを繰り返した。1キロなんて、自分が歩いたら十五分近くかかる。かかるのに、彼等は五分程度で姿を現す。

コースの先に、足の裏で地面を這うような、全身の骨を、筋肉を、エネルギーを、命そのものを歩くことに注ぎ込んだしなやかなフォームで、歩いてくる。

八千代がいた。八千代、と名前を呼んだら、自然と喉から声があふれた。

「――負けるな！」

負けるな。負けたくないものに負けるな。負けちゃいけないものに、負けるな。

その瞬間だった。

八千代の体が、重力を忘れたみたいに、すーっと前に出た。古びたアスファルトの上を、滑り抜けるみたいに。

目の前を歩いていた選手を、追い抜いた。

抜かれた選手が——蔵前と世陸を歩いた伊達という選手が、負けじと八千代に追い縋る。

八千代は譲らなかった。ゴールテープが迫ってくる。

自分が何を叫んでいるのかわからなかった。行け、行け、歩け、八千代。声を嗄《か》らして繰り返した。

ゴール付近にいた観客が、一位の選手を拍手で迎えた。

それに続いて、八千代がゴールラインを跨いだ。

50キロを歩き続けたその足が、レースの終わりを示す線を越えた。越えて、アスファルトにそのまま崩れ落ちた。

一体、そんな光景をこの二年、何度見てきただろう。

慶安大のマネージャーが走ってきて、八千代を担ぎ上げた。コースを離れていく二人に、忍は慌てて駆け寄った。

「二位だ!」

案内所のテントの横で再び歩けなくなっていた八千代に、叫んだ。彼の身を案ずるより先に、順位が喉から飛び出した。

地面に仰向けになった八千代が視線をこちらに寄こす。荒い呼吸の合間に、声にならない声が漏れ聞こえてくる。冷たいアスファルトに両膝をつき、忍はさらに叫んだ。

「二位だよ、二位！　世陸に出ちゃうような人に勝ったんだよお前！」

酸素を求めて開閉を繰り返す八千代の口が、ほんのちょっと、笑った。レース直後に彼が笑うなんて、初めてだ。忍の背後で福本が「おめでとうございます！」と跳ねている。

「顔がにやけてるぞ。ていうかお前、レース中も笑ってただろ」

八千代の肩をぽん、と叩く。深呼吸をして、彼は小さく頷いた。

「暇だろうな、って思って」

「暇？」

「こっちは歩いてるからいいけど、応援してる人は暇だろうなって思って、笑っちゃったんですよ」

なんだよ。こっちは必死に応援してたのに。笑い返そうとした忍の口を、続けて放たれた言葉が塞いだ。

「四時間近く沿道に立って応援してくれる人がいるって、いいもんですね。とりあえず応援してくれる人がいるところまで頑張ってみよう。通り過ぎたら、また会えるまで頑張ってみよう。そうやってちょっとずつ頑張って行けるんです」

八千代の言葉尻が、何故か萎んでいく。やっと呼吸を整えたと思ったら、「すいません」

と謝罪を口にして、体を起こす。

マネージャーがすかさず抱えていたベンチコートを肩からかけてやった。忍が初めて陸上部を訪ねたとき、応対してくれた男子マネージャーだ。

「すいません、榛名先輩。俺、もしかしたら……」

まだ胸を上下させながら、八千代は何故か謝罪の言葉を繰り返す。忍が首を傾げると、誰かの足音が近づいてくるのに気づいた。

八千代が、ゆっくり目を閉じた。

まるで、判決を待つ罪人みたいな顔で。

「残念だったな」

蔵前の声がした。振り返ると、表情を殺した蔵前が、忍と八千代を順番に見た。

「レッドカード三枚で失格だ」

蔵前がコースの——ゴール地点のあたりを指さした。警告掲示板がある。

八千代篤彦の欄に、警告を知らせる赤い印が、三つ、ついていた。

「どうして」

忍はゆっくりと立ち上がった。

どれだけ目を凝らしても、八千代に警告が三つ出ている。

「多分、ゴール手前で審判員が三枚目の警告を出した。警告掲示板に反映されるまでに夕イムラグがあるから、八千代のゴールに間に合わなかったんだ。残念ながら、失格だ」

どん、と、空から何かが降ってきたようだった。手が、足が、重力に縛りつけられたみたいに動かせなくなる。

どうしてだか右手の中指が震えている。何にだろう。怒りか、憤りか、悔しさか、やるせなさか……とにかく、震えている。

「八千代、お前、50キロに向いてるよ。失格とはいえ、タイムは3時間52分32秒だ。初めてのレースでこの記録は立派だ。立派すぎるよ。東京オリンピックを目指すなら、50キロでドーハを狙え」

蔵前の賞賛が、耳に入ってこない。耳元を掠めて、溶けてなくなってしまう。

一位でゴールした選手が失格になることもある。それが競歩。わかっているはずなのに。

――はずなのに。

「そんな気が、してました」

不思議と穏やかな声音で八千代が呟く。その場にいた全員が彼を見る。地面に両足を投げ出したまま、八千代は肩を竦めた。笑った。

「40キロあたりで体が思ったように動かなくなって、ベント・ニーを取られて、上手く歩型を修正できませんでした。ラスト一周はどこで警告を出されてもおかしくなかったです。二位に上がったとき、警告三枚で失格かもしれないって予感がしました」

ふらつきながら、八千代が立ち上がる。コートをしっかり羽織って、深々と頭を下げた。

「たくさん応援していただいたのに、期待に応えられなくてすみませんでした」

でも。

小さく鼻を啜って、八千代は言った。その「でも」は、木漏れ日のようだった。影の中で光が輪を作って躍るみたいに、ほのかに弾んだ。

「50キロ、凄く長くて凄く辛かったですけど、初めて自分のレースができた気がしたし、何より、楽しかったです。歩いてよかった」

ありがとうございましたと、八千代は忍の目を見据えて言った。何も言えずにいる忍をじっと見たと思ったら、ははっと溜め息をつくように笑う。

「でも、失格は、残念です。ここから修正していかないとです。だから残念会ってことで、また飯奢ってください。高畠の美味いもの、探しておくんで」

笑いながら、八千代は選手の控えスペースへと歩いて行った。追いかけようとしたマネージャーが、思い出したように忍を振り返った。

「あの、榛名先輩、ありがとうございました」

彼まで、忍に礼を言ってくる。ただ応援していただけの忍に。

「本当は俺達があいつをサポートしないといけなかったのに。八千代が箱根を走りたがってたって知ってたから、どう接すればいいかずっとわからなかったんです。先輩が八千代を支えてくれたお陰で、引退前にあいつと一緒にレースを経験できました」

もう一度「ありがとうございました」と言って、彼は八千代の方へと駆けていった。

ジャージの背中に書かれた「ＫＥＩＡＮ」の文字が揺れる。

真珠色の雲間から淡く青空が覗いていることに気づいたのは、随分後になってからだった。

第六章　二〇一九年　冬・春

地獄

静かすぎる室内に耐えきれなくなってテレビを点《つ》けたら、藤色のタスキをつけた選手が箱根駅伝総合優勝に向けて懸命に走っていた。

熱戦を横目に、忍はノートパソコンのキーボードを叩き続けた。ときどき指が絡まりそうになって、唸り声を上げる。文末に「。」を打って、エンターキーを押して改行し、天井を仰ぎ見る。大きく深呼吸をした。

「まだ半分か」

高畠でのレースのあと、帰りの新幹線で新作のプロットに取りかかった。

スランプだと筆が滞っていたこの数年が嘘のようで、東京駅に着く頃にはプロットが完成した。百地さんに送ったら、その日の夜に「これで行きましょう」と返事が来た。

家に帰って、すぐに書き始めた。

今まで苦戦していたのは何だったのかというくらい、するすると書き出しの一文目が出てきた。

最初の一文は、いつだって怖いのに。ここから長く孤独で苦しい旅が始まる。書き始めたら逃げられない。だから、真っ白な画面を前に書かない理由を探してしまう。

50キロを決められた歩型で歩く過酷なレースを見せられて、そんなことを言っていられなかった。

それから二ヶ月以上、家にいる間はひたすらパソコンに向かった。書けなくてもいいから椅子に座り、吐き出せるだけ言葉を吐き出した。百地さんは締め切りを設けなかったけれど、どうしても四月までに完成させたかった。

四月中旬に、石川県輪島市で全日本競歩輪島大会がある。20キロの全日本競歩能美大会に対し、50キロの大会は輪島で開催されるのだ。

このレースで日本人最高順位を取り、派遣設定記録をクリアすれば、ドーハ世界陸上への切符を摑むことができる。

ドーハ世界陸上は今年の九月。ここで日本人最上位かつ三位入賞以上の成績を出せば、東京オリンピックに内定する。その後の国内大会で規定クリアを目指すという選択肢もあるが、オリンピックを想定してどの選手も世界陸上出場を目指すだろう。

当然、八千代も。輪島でのレースを目指し、彼は年末年始も大学で練習を続けている。一月の終わりにはまた楓門大の合宿に参加するらしい。

テレビから聞こえる実況の声が、一際熱くなった。視線をやると、トップの選手が両手を広げてゴールテープを切ったところだった。

大手町のビル風にユニフォームと同じ色のタスキが揺れる。共に戦った仲間が駆け寄ってきて、アンカーの選手を胴上げする。

東京オリンピックの競歩のコースは、そういえばこの近くだ。

テレビを止めて、忍は改めてパソコンに向き合った。大きく、息を吸った。

吐き出すのと同時に、ここが自宅アパートだということも、今が正月なのも、自分が作家であることも、頭の外に追いやる。

底の見えない深い沼に、自らの意志で潜る。自分で組み上げた物語の筋書きで、自分の体を染め上げていく。

この世に実在しない登場人物達の思考に、感情に、浸かる。彼等が手を怪我すれば、キーボードを叩く忍の手にも痛みが走る。家族や大切な人を失えば、胸の奥が突き破られる。忍の描こうとする物語が忍の感覚や感情を支配する。

自分という存在を紙やすりで削って、削って、足下に落ちた粉の中から光る欠片を探す。

咳《せき》が出た。げほっ、げほっ、と二回。たったそれだけのことで榛名忍の体に引き戻されて、堪らなくイライラした。喉が渇くのもお腹が空くのもトイレに行きたくなるのも眠くなるのも、どれも苛立たしい。

「ああー、くそ」

涙で画面が見えなくなって、鼻水が垂れて呼吸がしづらくなって、忍は立ち上がった。ティッシュで顔を拭って、再びパソコンの前に戻る。

「小説家が主人公って、最悪だな」

小説の主人公は、売れない小説家だった。年は二十五歳。大学卒業後に就職することなく専業作家になったが、仕事がてんで上手くいかない。そんなとき、自分と同じように「上手に夢見れなかった」人物と出会う。その男は、大学で競歩をやっていた。

あまりにも榛名忍に近くて、主人公の心情を描くたびに背中にナイフを突き立てられる。ああ、でも、仕方がないんだ。これを書けと、現実が自分を突き動かしたんだ。八千代が50キロのレースに自分の未来を見出《みいだ》したように、忍はこの小説の先に作家としての自分が待っていると信じた。信じてしまったのだから、地獄だろうと行くしかない。

堪らなく腹が空いていることに気づいたが、冷蔵庫には何も入ってない。コンビニまで買い出しに行くのも億劫《おっくう》だった。

いいや、もうちょっと書こう。そう思って、椅子に腰を下ろしたときだった。

インターホンの音が、部屋中に鳴り響いた。

通販を頼んだ覚えもないし、埼玉に暮らす両親には今年の正月は帰らないと伝えてあるから、様子を見に来ることもないはずだ。

玄関でドアスコープを覗いて、忍は慌ててドアを開けた。

「どうしたの？」

首回りにマフラーをもこもこに巻いた亜希子が、スーパーのレジ袋を抱えて立っていた。

「大晦日に連絡したのにずっと無視されてるから」

「え、嘘」

「ホント」

急いで部屋に戻って、スマホを確認した。最後に触ったのはいつだったか、電池が切れていた。充電器に繋いでメッセージを確認すると、大晦日に亜希子から連絡が来ていた。

〈前日になっちゃったけど、今年は初詣どうする？〉

そういえば、今年は行ってない――いや、今年も行ってない。去年は元旦競歩があるからと亜希子の誘いを断った。ああ、そうだ。去年も亜希子はこんな風に〈初詣どうする？〉と連絡をくれたんだった。

「年末年始は原稿やってるって前に言ってたから、餓死でもしてるんじゃないかと思って」

恐縮しきった顔で玄関に戻った忍に、亜希子はにこっと笑った。何度か忍の家に遊びに来たことがあるのに、靴を脱いで部屋に上がろうとしない。

代わりに、スーパーの袋を差し出してくる。

両手で受け取ると、ずっしりと重かった。肉や卵といった生鮮食品はもちろん、レンジでチンするだけで食べられるご飯や冷凍パスタも入っていた。大量のチョコレートと焼き菓子もある。

「うわ、助かる。冷蔵庫、空っぽだったんだ。クリスマス頃から原稿ばっかりで……」

玄関の目の前にある冷蔵庫に食材を詰め込む。電気ケトルの電源を入れて、棚からインスタントコーヒーを取り出した。

「ありがとう。コーヒー淹《い》れるから、上がりなよ」

そう言っても、亜希子は動かなかった。締め切られた玄関を背に、困ったような顔でたたずんでいる。

ふと、最後に顔を合わせたのはいつだったか考えた。確か、十一月の終わりだ。一ヶ月以上会っていなかったことになる。

「あのさあ、忍。私、今日初詣に行って来たの」

「え、明治神宮?」

「うん」

「一人で?」

「違う」

首を横に振って、亜希子は肩を竦めた。酷く寂しそうに、力なく口角を上げた。

「彼氏と」

その言葉の意味を、自分の中の辞書と照らし合わせた。知っている。自分の小説の中で何度も使ってきた言葉。なのに、瞬時にその意味を引き出せなかった。

薄暗いアパートの玄関に、なんの変哲もない単身者用の部屋に、亜希子の「彼氏」という言葉が染み込んでいく。

「病院実習でずっと同じ班だった人でね、イブに告白されたの。初詣にも誘われて、それで、大晦日に忍に連絡した」

へえ、そうなんだ、と返した。なんだか本を読んでいる気分だった。自分の声が、活字を目で追っているみたいに聞こえた。

「ちょいちょいその人の写真、SNSに上げてたんだけど、見てない？」

探るようにこちらを見た亜希子に、力なく首を横に振る。

「そうだよね、だと思った」

忍を責める口調では決してなかった。なのに、ちくちくと指先に針を刺されているような気分になる。

明治神宮へ初詣に行くのが、正月の《当たり前》だった。ふわりと風が吹くように、初めて元旦競歩を観に行ったときのことを思い出す。当たり前の正月が、あの日から狂った。

「彼氏がいるのに男友達の家で二人っきりになるわけにはいかないから、帰るね」

ドアノブに手をやった亜希子に、どう声を掛ければいいのか皆目見当がつかない。言葉はたくさん持っているはずなのに、出てこない。

「彼、忍のことよく知ってるの。大学で私と一緒にいるのを見てたらしくって。しかも、忍の本、好きなんだって」

「……そっか」

「新刊が出たらサインがほしいって言われてるんだけど、今度書いてあげてくれない？」

こんなにも「好き」と言われて、「サインがほしい」と言われて嬉しくないのは、初めてかもしれない。

「じゃあね」

亜希子がドアを開ける。

亜希子、と言いかけた瞬間、彼女は長い髪を揺らして振り返った。

「ずっと聞けなかったことがあるんだけど、聞いていい？」

私のこと、どう思ってた？　そう聞いてくるんじゃないかと思った。なら、自分は「好きだ」と言えたかもしれない。「俺と付き合ってほしい」と言ったかもしれない。

「新聞部の福本さんのこと、どう思ってるの？」

「——え？」

「私と入れ替わるみたいに、彼女と仲良くしてるから」

「いや、そんなこと」

「あるよ」

口を歪に開けたり閉じたりしながら、日本インカレの日の夜を思い出した。あの日食べたのは——真っ赤な紅ショウガののった豚骨ラーメンだった。

「……お前は、世界でたった一人きりだって。そう、言ってくれた」

どうしてそんなことを亜希子に話すのか、自分の真意がわからない。ただ、ただ、ただ、込み上げてきたから、言葉にした。

「誰も俺に期待してない。でも期待されたい。お前ならできるって誰かに言ってほしかった。そんなときに、俺の代わりはいないって言ってもらった。だから、信頼はしてる」

信頼という言葉は、福本愛理という女の子に対するものとしてはちょっとずれている。でも、今はこれ以上相応しい言葉が浮かばない。

「そっか」

亜希子は、拍子抜けしたような顔で目を瞠った。

「私、忍はそんな言葉、求めてないと思ってた。ちょっと痛くて苦くても、現実を見た大人な意見に価値を置く人だって。でも違ったんだ。優しい言葉、言ってよかったんだ」

違う。わかりやすい慰めなんてほしくなかった。微笑みながら現実を見据える亜希子の言葉に、何度も救われた。誰かが言った慰めを信じない強さがどれほど大事か、八千代を見てきたから知っている。

わかりやすい慰めの言葉に救われることもあると、知ってしまっただけで。

「別に、亜希子が嫌いになったわけじゃない」

「知ってる。私が忙しくなって、忍は忍でやらなきゃいけないことができて、時間が合わなくなっただけだもの」

果たして、それは本当に「時間」の問題だったのだろうか。

「じゃあ、今度こそ帰ります」

亜希子がドアを開ける。冷気が吹き込んできて、足下から震えが上ってきた。

構うことなく、亜希子は出て行った。冷たい音を立ててドアが閉まる。玄関が暗くなる。

今、亜希子を追いかけたら、彼女は戻ってくるだろうか。戻ってきてくれる気がする。

そんなことをここに突っ立って考えている時点で、追いかける資格はないと思った。

彼女は、ずっと一緒にいた。高校で同じクラスになってから、ずっと。そんな彼女が軽やかに離れていくのを、身勝手に寂しく思っている。

何より、頭の半分で寂しいと思いながら、もう半分では小説のことを考えている。今みたいに、友達以上恋人未満だと思っていた女性が離れていってしまったら、主人公はどう思うだろう。

ずっとずっと、インターホンが鳴ったときからずっと、忍の体は小説に侵されている。

どれくらい玄関に突っ立っていたかわからない。ただ、部屋に戻ったらスマホにメッセージが届いていた。亜希子かと思って手に取ったら、福本からだった。

〈なんでシカトするんですか！！！〉

二頭身の狸が怒り狂っているスタンプと共に、そんな文面がスマホに躍った。

〈八千代先輩も箱根駅伝来てるのに！　なんで榛名さんは来ないんですか！〉

〈榛名さんが来ないからうちの大学、シード落ちしちゃいましたよ！〉

〈八千代先輩が給水したシーン、もしかして見てないんですか？〉

メッセージを遡ってみると、元日に福本から、八千代が箱根駅伝のサポートに行くこと（高畠にマネージャーが帯同してくれたお礼らしい）、今日になって八千代が後輩の給水をやることになったことが書いてあった。だから忍も観戦に来たらどうだ、と。

〈ごめん、今見た〉

試しにSNSで検索をかけてみたら、瑠璃色のジャージを着た八千代が慶安大のランナーに給水ボトルを渡す動画がアップされていた。

〈ツイッター見た。楽しそうだな〉

〈来ればよかったのにー！　もういいです。ラーメン食べて帰ります〉

そんなメッセージが届いた直後、いろんな店のラーメンの写真が何枚も何枚も続けてトーク画面にアップされた。嫌がらせをしているつもりなんだろうか。冷蔵庫の中身は、亜希子が買って来てくれたものばかりなのに。

〈新宿くらいまでだったら行く。腹減った〉

福本の返事は待たず、コートを着た。マフラーと手袋と、念のためマスクもした。

外は寒かった。顔の半分はマスクのお陰で温かいが、眉間やこめかみに風が染みた。

鴨と鶏と昆布で出汁を取ったスープが最高に美味いのだと福本は教えてくれたけれど、昨日の夜から何も食べていない胃袋には、どんなラーメンでもご馳走になる。

「世界一かも、このラーメン」

一口食べてそう呟いた忍に、福本は「お目が高いです」と満足げな顔だった。

「亜希子に振られたんだよ、今日」

ていうか、さっき。鶏チャーシューを齧りながら、自分でも唐突だなと思いながら打ち明けた。

ずるずると中太麺を啜っていた福本が、動きを止める。

「いや、そもそも付き合ってないんだから、振られたって言い方は変なのか……いや、でも、要するに振られたんだよな」

亜希子は今日、忍を《振る》ために、わざわざ訪ねてきたんだろうから。

「それで榛名さんは、おめおめと振られたんですか?」

信じられないという顔で聞いてくる福本に、忍は頷いた。

「大学四年に上がった頃から、向こうが忙しくて顔合わせなくなったし。それまで頻繁に会ってたから、逆に連絡を取り合う習慣がなかったのが悪かったのかも」

芸能人同士で結婚した夫婦が「仕事が忙しくてすれ違うようになってしまった」という理由で離婚するのを見るけれど、あれはこんな感じなのかもしれない。

「亜希子は実習とか試験に向けて頑張ってて、俺は『時間がほしい』なんて理由で大学院に進んで。そりゃあ、亜希子からしたら同じ志を持った人と一緒にいる方が楽しいさ」

忍に大学院進学を勧めたのは、亜希子だった。あのとき彼女はどういう気持ちで提案したのだろう。こうなることを予想して勧めたわけではないはずだ。

亜希子が悪いわけじゃない。どうしようもなく、こうなってしまっただけなのだ。

「先輩、結構傷ついてます?」

「小説書いてるから結構平気」

そうだ。小説を書いていれば、平気だ。今自分にとって大事なのは現実ではない。作りかけで、まだ輪郭のはっきりしていない物語の世界の方が、ずっと大事だ。

「そういうもんですか?」

「うん、そういうもんなんだよ」

頷いて、穂先《ほさき》メンマを口に入れる。しゃくしゃくとした食感がだんだんと楽しくなってきて、自然と笑みがこぼれた。

「長く忘れてたよ、この感じ」

波瀾万丈《はらんばんじょう》な人生なんて微塵も歩んでいない榛名忍が、それでも日々の暮らしの中で負った擦り傷の痛みを忘れるために必要なのが、小説を書くことだった。自分のための使命だった。

それが仕事になって、結果を出さなきゃとか実績を作らなきゃとか評価されなきゃという、プロとしては至極真っ当な野心に、すっかり覆い隠されていた。払って、拭って、久々に見つけることができた。

「食べ終わったら、本屋に寄ってもいい？」

「あ、いいですよ。直木賞と芥川賞の候補、出ましたもんね。買いに行かなきゃ」

夕飯にはまだまだ早い時間なのに、しかも三が日だというのに、少しずつ店内が混み始めた。流石は有名店だ。福本が先にラーメンを食べ終え、忍もやや遅れて完食する。

一時間もいなかったはずなのに、店を出ると外が薄暗くなっていた。気温が一段と低くなって、肩胛骨《けんこうこつ》のあたりが冷気に強ばった。

紀伊國屋書店まで歩いて、二階の文芸フロアへエスカレーターを上がる。一番目立つ棚には直木賞と芥川賞の候補作が並んでいた。

そういえば二年ほど前にも福本とこの棚の前に立った。あの日は芥川・直木両賞の発表日だったから、マスコミにインタビューを求められて、逃げるようにその場を離れた。

「榛名さん、今回のオススメはどれですか？」

ここ数ヶ月で読んだ本が何冊か候補になっていたが、果たして福本は楽しめるだろうか。考え考え、目の前の棚を眺めていたら、あとからやって来た客が横からぬん、と手を出した。赤いダウンコートを着た茶髪の男だった。

一冊、二冊、三冊……候補作を片っ端から手に取って、買い物カゴに入れていく。

その人を見上げて、忍は息を止めた。彼は忍に気づくことなくレジへ向かう。体全体でリズムを刻むような、機嫌のいい歩き方で。

「き……」

彼の名前が、忍の中で暴れ回って、喉から飛び出す。

「桐生さん！」

隣にいた福本が「え？」とこちらを見たが、忍は構わず赤いダウンの男を睨みつけた。はて、今のは俺のことだろうか、という様子で立ち止まった彼が、ゆっくりと振り返る。

やっぱり、桐生恭詩だった。

「……榛名さん？」

本がたくさん入ったカゴを抱えて、桐生が戻ってくる。「あ、やっぱり榛名さんですよね」と忍の顔をまじまじと見た。

「お、お久しぶりです……」

デビュー直後に雑誌で対談して以来だから、五年ぶりだ。顔を合わせたのはその一度きり。なのに桐生の顔を鮮明に記憶しているのは、この五年間、いろんなところで彼の顔を見たからだ。文芸誌やネットに掲載されたインタビューに、新刊のPOP、SNS。本屋に行けば彼の名前がたくさんあった。

逆に、彼が忍の顔を覚えていたことが、意外だった。

「うわあ、お久しぶりです。デビュー直後に対談したきりですもんね。あれ、何年前でしたっけ？　僕達デビュー五年目だから、五年前か！」

ついこの間会ったばかりだという口振りで、桐生は笑う。と思ったら、買い物カゴを恥ずかしそうに体の後ろに隠した。

「やばい、芥川と直木の候補作、全然読んでないのがばれましたね。恥ずかしい」

「いや、俺も読めてないのがいっぱいありますから」

「あと二週間で発表になっちゃうなって思って、慌てて買いに来たんです。榛名さんと会うとは、奇遇ですね」

目の前にある棚に、忍は目をやった。「第160回芥川賞・直木賞ノミネート作品」という大きなパネルが飾られている。「平成最後！」という煽り文句まである。

「あの、桐生さん」

パネルに躍る文字に、意識が吸い込まれそうだった。

「随分遅くなっちゃいましたけど、前回の直木賞、ノミネートおめでとうございます」

神様が自分の口を、声を、操ったんだろうか。「おめでとう」という言葉に、自分で息を吞んだ。

最初こそきょとんとした顔をした桐生は、すぐに困った様子で後頭部を掻いた。

「受賞はできなかったし、選評でめちゃくちゃ厳しいこと書かれたし、ネットでも叩かれましたけどね。しかも一度ノミネートされると『次こそは』って欲を出しちゃって、今回はノミネートすらされませんでした」

桐生もパネルに目をやった。しばらく黙っていたと思ったら、笑いながら肩を竦める。

「候補作を読む気になれなくて、今日になってやっと本屋にやって来た、ってわけです」

自嘲気味に笑う桐生に、腹の底が熱くなった。怒りとか、苛立ちとか、そういう類《たぐい》のものではない。穏やかなのに激しい感情が、じわじわと全身に広がっていく。

「俺、桐生さんの本がずっと読めなかった」

嫉妬に狂う、格好悪くて——世界で一番嫌いな自分を、世界で一番嫌いな人にさらけ出してしまう。

「いや、桐生さんだけじゃなくて、他の作家の本も、読むのが怖くて仕方がなかった。大学に入ってから、何を書けばいいのかよくわからなくなっちゃって。桐生さんはどんどん本を出して、どんどん人気者になっていくから、桐生さんが上手く書けない自分の前に立ち塞がる壁みたいにずっと思えてて。桐生恭詩って名前を見るのが、凄く嫌だった」

象徴だった。上手くいかない自分の象徴。

桐生は表情を変えなかった。それどころか思い出したように顔をくしゃっとさせて「ははっ」と笑ってみせた。

「俺だって榛名さんの名前、見るのも嫌」

笑いながら、そんなことを言ってくる。

「デビュー作が榛名さんみたいに売れなかったから、あの頃は悔しくて。なんで高校生作家ばっかりって思ってましたよ。本屋行くと榛名さんの本がたくさん並んでて、《榛名忍》の三文字が視界に入ると、胸のあたりがびん！　ってなるんですよ、びん！　って」

自分の胸をとんとん、と叩く桐生の人差し指から、目が離せなくなる。

「ちきしょう、と思って片っ端から仕事を引き受けて、とにかくがむしゃらに書いたんですよ。それがたまたま賞にノミネートされたってだけ。正直、今は迷走気味っていうか、初心にかえろうかなって思ってるところです」

——だから。

そう言って微笑んだ桐生に、忍は唇を引き結んだ。

「だから、ここで榛名さんに会えてよかったです」

自分だけが辛い思いをしているなんて、そんなことは考えていない。書けない者は書けない者なりの、書ける者には書ける者なりの地獄がある。売れない作家にも、売れている作家にも、賞を取った作家にも、取れなかった作家にも、多様な地獄がある。

わかっていても、それでも、自分のいる地獄が一番深いのだと、傲慢にも考えてしまう。

「うん、ホント、来てよかった。よかった、箱根駅伝観てて」

「箱根駅伝？」

「うちの母校が久々に出るから見てたんですよ。そしたら、箱根を走りたかったけど成績不振で競歩に転向したって人が、給水係をやってて。それ見たら、このくらいで小説書くの嫌になってちゃ駄目だなと思って」

八千代だ。箱根を諦め競歩に転向し、今日の箱根駅伝で給水をやった選手が、そう何人もいて堪るか。

堪るかよ。

「また機会があったら、お話ししましょ」

そう言って、桐生は今度こそレジへ向かって行った。正月なのに意外とお客がいて、桐生の姿はあっという間に見えなくなった。

「八千代にとっての箱根駅伝みたいなものだったのかもしれない」

背後でずっと自分達のやり取りを見ていた福本に、忍は語りかけた。彼女は何も返してこなかった。

「俺にとっての、桐生さんって」

もしかしたら、もう、俺は彼の本を読めるかもしれない。「くそ、俺より面白いもの書きやがって」と、そんな風に悔しがることができるかもしれない。

「そうなんですね」

素っ気なく聞こえるけれど確かな優しさの籠もった声で、福本が頷いた。

スランプ

便器を抱えるようにして浅く息を吸った。直後、胃が痙攣して、黄色く粘ついた液体が喉を迫《せ》り上がってくる。音を立ててそれをトイレに吐き出して、水を流した。

口を漱《すす》いでパソコンの前に戻ると、空っぽの胃がぎゅう、と音を立てた。食べたいのか吐きたいのかどっちかにしろと憤りながら、忍はキーボードに手を置いた。

ただ椅子に座ってキーボードを叩いているだけなのに、体が疲弊《ひへい》する。ストレスで胃や腸がやられる。主人公が精神を病めば、忍も同じところへ引きずり込まれる。

「……どう思うんだよ」

この世に存在しない主人公に向かって、忍は問いかける。

「こういうとき、あなたは何て言うんだ」

昨日の朝からずっとずっと、同じ場所で文章は止まっていた。たった一文が、どれだけ心を砕いても出てこない。足りない。俺の中がまだ、主人公の心で満たされていない。自分と作品を切り離して要領よく書ける作家だって大勢いる。わかっていても、忍は作品を、登場人物を、自分から突き放すことができない。だから登場人物と歩くしかない。どれだけ険しい道のりも、ゴールに向かって歩くしかない。

だから、そんな作品が「売れなかった」と言われるのも、「次で頑張りましょう」と言われるのも、我慢ならないのだ。この世界にあふれ返る大量の娯楽に埋もれて、誰にも見つけてもらえないまま、流されて消えていく。俺の作品も、俺自身も。それに、耐えられない。耐えられなくても、書くと決めた。

ああ、今、とても、生きているって感じがする。

キーを叩こうとした瞬間、側で軽快な電子音がした。「あああ〜」とか細い声を上げて、忍は椅子から崩れ落ちた。

冷たいフローリングの上を転がり、しばらくそのままでいた。十分、二十分して、ようやく床に放り投げてあったスマホに手を伸ばす。

〈八千代、ちょっとまずいかもしれないな〉

そんなメッセージを送ってきたのは、蔵前だった。

続く文面を目で追って、忍は無意識に奥歯を噛んでいた。

〈ちょっとスランプ気味かもなあ。タイムが落ちてる。ていうか、若干自分の歩きがわからなくなってる感じ。輪島がドーハのラストチャンスだし、焦ってるのかもな〉

季節は、あっという間に移ろいでしまった。先週まで正月だった気がするのに、桜が散り始めている。忍は大学院の二年生になり、八千代は大学を卒業した。

全日本競歩輪島大会まで、あと二週間。ここに来て調子が上がらないのは、まずい。

〈スランプの原因って、何なんですか？〉

忍の質問に、蔵前はすぐに返事を寄こした。

〈スランプなんて、いつの間にかなってるもんだよ。きっかけなんてわかりやすいものはないことの方が多いの。ある日突然上手くいかなくなって、焦って悪循環に入る〉

蔵前のメッセージには、八千代は今日、慶安大のグラウンドで練習しているはずだとも書いてあった。

パソコンを閉じ、顔を洗い、くたくたになった服を着替えて、忍は外に出た。電車を乗り継いで、大学へ向かう。

入学式を明日に控えたキャンパスは静かだった。グラウンドでは、長距離チームがトラックを使ってインターバル練習をしていた。

その奥で、外周コースを一人歩く八千代の姿があった。

八千代のフォームに目立った変化は見られなかった。二月には調整を兼ねて六甲アイランドで20キロのレースにも出場したのだが、そのときと差違は見られない。

近くにいたマネージャーに断ってグラウンドに入り、八千代の歩く姿をしばらく眺めていた。一区切りついたところで、こちらに気づいた彼へ駆け寄っていった。

「お疲れ。ていうか、久しぶり」

八千代と最後に会ったのは三月の頭だった。六甲アイランドでの日本選手権の直後。原稿にかかりきりで忍は神戸まで観戦に行けず、帰京した八千代に食事を奢った。

レースを十位で終えた八千代は、焼肉を食べながら「いい調整ができました」と語っていた。肉を焼いては八千代の取り皿の上に置きながら、忍は「次は輪島だな」なんて言ったのだ。

「原稿が忙しいんじゃないんですか？」

八千代は表情に乏しく、いい意味でも悪い意味でもいつも通りだった。

「詰まったから、ちょっと見に来てみたんだよ。後輩と仲良くやれてるかなと思って」

八千代は、三月に大学を卒業した。彼は就職も進学もしなかった。一般就職なんてしたら、四月に行われる全日本競歩輪島大会の練習はとてもできない。

「大学時代にもっといい成績を残していれば、実業団からも声がかかったんでしょうけど」と自虐《じぎゃく》しながら、彼は名目上の「就活浪人」の道を選んだ。監督の好意でこうして慶安大のグラウンドで練習を続けられている。楓門大の練習にもよく参加しているらしい。蔵前ともときどき一緒に歩くと聞いた。

すべては、世界陸上と、その先の東京オリンピックに出るために。

「調子、どうなの？」

変に勘ぐられないよう、軽い調子で聞いた。八千代は一瞬だけ困った顔をした。本当に一瞬で、蔵前から「スランプ」という言葉を聞いていなかったら、きっと気づけなかった。

「ぼちぼち、って感じですかね。先輩こそ、三月中に小説を完成させるって、焼肉食いながら言ってませんでしたっけ」

あ、はぐらかされた。

「俺にとって今日はまだ三月三十五日だから！」

「そういう言い訳、作家って本当に言うんですね」

呆れ顔で笑った八千代に、忍は「調子悪いんじゃないの？」という言葉を呑み込んだ。

多くの人は、彼の選択を間違っていると言う。オリンピックなんて狭き門のために就活を棒に振るなんて。

しかも先月、国際陸上競技連盟は男子50キロ競歩を二〇二二年に廃止することを正式決定した。オリンピックで実施されるのは、東京が最後になる。

今まで好きにさせてくれていた彼の両親も、「オリンピックに出るために無職になります」と頭を下げた息子に、「ちょっと待った」をしたらしい。

八千代に与えられた時間は半年だった。

半年頑張って駄目だったら、地元に帰って就職せよ。あまりに短くて、でも両親の気持ちを考えたら長すぎるくらいだった。

半年とはつまり、世界陸上までだ。八千代はなんとしても輪島のレースで世界陸上の切符を掴み、なおかつドーハで結果を出さねばならない。

「なあ八千代。焦りとか感じる？」

しかも、二月の日本選手権20キロ競歩で、長崎龍之介はドーハ世界陸上に内定した。八千代にとっては輪島の前哨戦兼歩型のチェックのためのレースだったわけだが、彼の目の前で長崎は世陸出場を決めた。

彼が焦る理由なんて――焦りが思いもよらぬ形でスランプに繋がる可能性なんて、いくらでもある。

「焦ってもしょうがないですよ。崖っぷちなのは二年前からずっと一緒ですから」

「そうかもしれないけどさ。ていうか、俺も人のこと言える状態じゃないんだけどさ」

すでに来年の三月卒業の大学生・大学院生を対象とした採用活動は始まっている。就職して兼業作家の道を選ぶか、専業作家として生きるか、また決断を迫られている。

そんなことに、頭を使いたくない。目の前のことにしか意識を向けていないのは忍も同じだ。その危うさや無謀さは、誰よりも忍がよくわかっている。

「お互い、背水の陣ですね」

それじゃあ練習に戻ります、と小さく会釈をして、八千代は外周コースを再び歩き出した。お互い様という口振りで、体よくシャッターを下ろされた気分だった。

「あんたに何がわかる」と怒鳴られた方が、対処のしようがある。「わかんないけど心配してるんだろ」とやり返すことができる。内に籠もられたら、どうしようもない。

「頑張れよ！」

離れていく背中に声を張ると、彼は右手を顔の高さまで上げて応えてくれた。

あの肩にのしかかるプレッシャーや不安は、どれほどだろう——なんて純粋な心配すら、物語に覆い尽くされる。

頭の中で、自分の声がする。八千代の姿が小さくなっていく。考えろ、考えろ、考えろ。声は止まない。考えろ、逃げるな、考えろ。

普通の生活も普通の幸せも投げ捨てて、孤独の淵を走り抜ける選択をした彼は、何を思う。追いかけた夢を手放さなければならなくなったとき、彼は——榛名忍の描く《彼等》は、何を思う。

彼等をゴールさせてやれるのは、この宇宙で忍だけだ。お前の代わりはいない。お前は世界でたった一人の独りぼっちだ。だから、逃げちゃいけない。

レースは、もうスタートしている。ゴールテープを切るまで歩き続けるしかない。

そのゴールは、八千代に何かを残すだろうか。

――ぽつりと、鼻先に雨粒が落ちてきた気がした。

空は快晴だった。雨なんて降っていない。でも、忍はその雨粒の感覚を逃すまいと踵を返した。走って、大学を飛び出した。

帰りに本屋に寄ることも、スーパーやコンビニで買い物をすることも、食事をすることもなく、自宅に駆け込んだ。デスクの上のノートパソコンに飛びついた。

グラウンドで自分に落ちてきてくれた雨粒の感覚を、キーボードに叩き込んだ。

そうだ、この一文のために、俺は二年間も八千代を見てきたんだ。たった一行のために、俺のスランプも競歩という競技を見つめ続けた時間も存在したに違いない。

もがいて、足掻いて。出会うべきたった一文を探して、書き続ける。のたうち回ってやっと見つけたその一文を灯火《ともしび》にして、暗闇の中を歩いて行く。

彼等も、一緒なのかもしれない。一歩一歩、果てしない距離を歩きながら、灯火となるたった一歩を目指しているのかもしれない。

その一歩が、次のレースへ、また次のレースへ、歩みを繋いでいくのかもしれない。

鼻先の雨粒の感覚は、キーボードを叩いているうちに涙に変わった。書け。書けよ。書くこと以外何もできないんだから、書くこと以外何もできない自分で書け。書いて書いて書いて、書きながら死んでいけ。

薬指がキーを打つ。中指がキーを打つ。涙が一粒、キーボードに落ちた。十字の形に、涙が染み渡っていく。

＊　＊　＊

幼い頃の自分は、綺麗なものが好きだった。景色でも、色でも、虫でも、雲の形でも、食べ物でも、言葉でも、なんでも。

中学時代のある日、その綺麗なものを自分の中にずっとずっと取っておきたくなった。だから、言葉にした。自分の中にある言葉をたぐってたぐって、文章にして、掌から吐き出した。

小説家になった。書けなくなった。本を読むのが怖くなった。自分が何に焦っているのか、怯えているのかわからなくなった。

探して探して、見つけて、触って、抱きしめて確かめた。書き残しておきたい言葉を、俺はいつもこうやって見つけてきた。

そんなことを考えながら、忍は「。」のキーを押した。

そのまま「おわり」とエンドマークを打つ。保存ボタンをクリックして、デスクに突っ伏して、泣いた。

何の涙かわからない。何のための泣き声かわからない。悲しいわけでも苦しいわけでも痛いわけでもない。辛いわけでも、悔しいわけでも、不安なわけでもない。

ああ、きっと、強いて言うなら、産声だ。

一つの物語がこの世に誕生した。声を持たないこいつに代わって、俺が泣いているんだ。

顔を上げた。

デスクの上のカレンダーを確認した。時計は朝の五時半を示していた。

全日本競歩輪島大会　男子50キロ競歩は、明日だった。

最前線

徹夜した体で東京駅から新幹線に乗り、二時間半ひたすら寝た。金沢駅で輪島に行く北《ほく》陸《りく》鉄道《てつどう》バスに乗り込んで、やはりひたすら寝た。

バスを降りたら午後四時を回っていた。バス停である道の駅を出ると、目の前が明日のレースのコースだった。

この道の駅の前をスタート・フィニッシュ地点とし、南北に一周2キロのコースが設定されている。今日もいくつかレースが行われたはずだが、夕方になると交通規制も解除されていた。

八千代の泊まるホテルまでタクシーで行こうかと思ったが、忍はリュックサックを背負い直し、コースを歩き始めた。

土産物屋や食事処が立ち並ぶ商店街は、石造りの歩道と周囲の和風建築が相まって雅《みやび》な雰囲気だ。車道も広く平らで、選手達が歩くにもちょうどよさそうだった。

バスを降りたときから不思議な香りがするなと思っていたが、歩いているうちに海の香りだと気づいた。能登《のと》半島の先端にあるここ輪島は、海が目と鼻の先にある。磯の湿った香りが足を進めるたびに強くなった。

背の高い建物がまるでない街中に、七階建てのビジネスホテルが見えてくる。八千代はここに泊まっているはずだ。そこから歩いて三分ほどのところに、市営競技場がある。昨日、今日と、ここが選手達の練習場として開放されているのだ。

建物や塀で囲まれていない競技場は、土手の上から全体を眺めることができた。人工芝の中を青いトラックが走る。風向きが変わったのか、磯っぽい匂いが強くなった。

競技場にはたくさんの人がいた。練習着をまとった選手が、同じ方向にそれぞれのペースで歩いている。これまでのレースで何度か見かけたことのある顔もあった。

肝心の八千代が見当たらなくて、忍は競技場を一周した。途中、蔵前の姿を見つけた。

「蔵前さーん、八千代って来てないんですか？」

声を掛けると、彼はわざわざフェンスの側まで駆け寄って来てくれた。連絡はときどき取っていたが、顔を合わせるのは久しぶりだ。

蔵前は、すでにドーハ世界陸上に内定している。なのに、明日のレースに出場するのだ。

「八千代、もう上がったよ」

フェンスを使って大きくストレッチをしながら、蔵前は答えた。この競技場は六時まで使えるが、もちろんずっと練習している必要はない、ないけれど。

「調子、まだ悪いんですか？」

「別にフォームが崩れてるわけじゃないのに、思ったように歩けてないみたいだな。一番嫌な形のスランプだよ。歩きながらイライラして焦っちゃうから」

「で、イライラしてホテルに戻ったと？」

「朝から歩き通しだったから、休めって言ったんだよ。息抜きに散歩でもして来いって」

大事なレースを明日に控えて調子が上がらないときに、息抜きに散歩に出るような楽観的な性格の男ではない。どうせホテルの部屋に籠もっている。

「榛名センセからも、ちょっと発破かけてやったら？」

「それはそのつもりなんですけど……蔵前さん、何も輪島のレースに出なくてもよかったんじゃないですか？」

　フェンス越しに、忍は蔵前をじとりと睨みつけた。蔵前には鼻で笑われた。

「俺だって別に他の選手に嫌がらせしたくて出るわけじゃない。ドーハに向けた調整だよ」

「いや、それはわかってますけど」

「それにな、このレースの審判員には東京オリンピックで審判をする予定の人間が三人もいる。本番を想定して歩いておきたいんだよ。まあ、出るからには優勝するけど」

　腕を組んでふふん、と笑った蔵前に「ほどほどに頑張ってください」と一応のエールを送った。近くを通りかかった楓門大の選手にも「明日頑張って」と声を掛け、来た道を真っ直ぐ戻る。

　ホテルのエントランスは輪島塗やキリコをイメージしたような内装をしていた。受付の女性に笑顔で会釈して、朱色のベンチに座って八千代に電話をかけてみた。

　三十秒間、無機質なコール音が響き、留守番電話に切り替わった。

「……ホテルのエントランスにいるから」

　それだけ吹き込んで、通話を切った。さて、何分後に来てくれるかな。膝に抱えたリュックに顔を埋めて、小さく溜め息をついた。気を抜くと眠気が襲ってくる。

　寝落ちする寸前に、エレベーターが一階に到着する音が聞こえた。顔を上げると、待ち望んだ顔がエントランスに現れた。

「すいません、電話に気づきませんでした」

八千代の短髪には、かすかに寝癖がついていた。部屋でふて寝でもしていたんだろう。

「調子、悪いんだって？」

そう聞いても、八千代は驚かなかった。

「変な話です」

途方に暮れたという顔で、八千代は笑った。深刻な表情を、微笑むことでなんとか拭い取っているみたいな、そんな顔だった。

「結果が出なくて足掻いてるときとは、違うんです。自分の歩き方がわからなくなっているというか、体が記憶喪失にでもなった気分です」

話しながら、彼の顔からぽろぽろと笑みが剝がれていく。俯いた顔にぼんやりと影が差し、八千代の表情を呑み込んでいく。

わかる。その恐怖を、俺はよく知っている。

「できたんだ」

抱えていたリュックから、紙の束を取り出した。大きなダブルクリップで留められたA4のコピー用紙が、百五十枚。自宅のプリンターで印刷し、リュックに詰め込んでここまで運んできたから、四隅がところどころ折れている。

原稿を見下ろして、八千代が息を吸った。何か——神々《こうごう》しい何かを前にしたような顔で、ゆっくりと手を伸ばす。両手で原稿を受け取ると、その重さに一瞬驚いたようだった。

「重いだろ」

先回りして忍が言うと、静かに首を縦に振った。

「小説って、重いんだよ」

強ばった表情のまま、八千代が原稿を捲る。瞳が揺れて、口が真一文字に結ばれていく。

「俺が読んでいいんですか」

「もちろんだよ。二年以上、取材させてもらったんだから」

「編集さんは読んだんですか？」

「まだ。送ってすらいないから。明日がレースだし。いろいろやり切ったあとに、気が向いたら読んで」

八千代の目が再び原稿に向く。生唾《なまつば》を呑み込む音が、忍にもはっきりと聞こえた。とんでもないものを渡されてしまった、という顔だ。

「丁寧な感想をくれとか、批評してくれとか、監修してくれとかじゃないから。俺が渡したかっただけだから」

「読みます」

噛み締めるように八千代は言った。忍の目を真っ直ぐ見据えて、頷いた。心強い読者だな、と笑って礼を言おうと思ったら、彼は忍が座っていたベンチに腰を下ろした。原稿を膝にのせて、小説のタイトルが書かれた一枚目を、捲った。

「え、今から読むの？」

「どうせ部屋に戻ってもやることがないです」

いや、でも。忍がもごもごと繰り返しているうちに八千代は原稿の二枚目を捲ってしまう。「明日レースだろ？」とやっと忍が言ったら、邪魔するなという顔をされてしまった。

しばらく、ベンチに座っていた。姿勢良く原稿を読み続ける八千代がすぐ側にいる。紙を捲る音がするたびにうなじがざわざわして、我慢できずにホテルを飛び出した。

まだ自分の泊まるホテルにチェックインしていないことを思い出し、できるだけ時間をかけてホテルに向かい、チェックインを済ませた。

部屋に入ったはいいが、ベッドに横になってもテレビを点けても、八千代が今どのあたりを読んでいるか気になって落ち着かない。シングルルームの中を忙《せわ》しなくうろうろした末、仕方なくホテルを出た。

空がオレンジ色の夕焼け半分、紺色の夜空半分に混ざり合っている。その下を、忍は再び明日のコースへと向かった。

一周2キロのコースを、一人で歩いた。選手達のような研ぎ澄まされたフォームではなく、普段通りの自分の歩き方で、石畳の歩道を歩いた。

靴の裏から石畳の冷たさが這い上がってくる。それでも忍は足を止めなかった。空気の冷たさに肌が強ばるのが、心地いい。

こうやって、小説を書く苦しみを、誰かの目に触れる恐怖を、これがなくなったら自分は何者にもなれないという不安を、誤魔化しながら生きていくんだろう。誤魔化し切れなくなって、自分で自分の心を何度も折るんだろう。

道の両端に点々と立つ街灯に、明かりが灯りだした。石灯籠《いしどうろう》を模した背の低い街灯が、明日のコースをぼんやりと浮き上がらせる。

覚悟というには、柔らかすぎるかもしれない。一つの街灯の前で立ち止まって、忍は思う。

でも、やっぱり、書き続けること以外に、自分の鼓動や呼吸を確かめる方法がわからない。それでも、歩き続けた先にぼんやりと灯る明かりがあると信じている。

ただ、それを信じて歩いている。

上手に夢を見られなかった人へ。いつか夢を諦めなくてはいけない人へ。それでも足掻いてしまう人へ。足掻いた上でやはり去らなければならなかった人へ。小説を書こう。俺は、そんな風に生きていこう。

自分の両足を見下ろし、いつか八千代から教わった競歩の歩型を真似た。靴の踵で石畳をならし、腰を左右に揺らし、体全体を使って歩く。

10mほど歩いて、すぐに普通の歩き方に戻った。車が何台か自分を追い越していって恥ずかしくなったのと、やっぱり、自分の歩き方で歩こうと思ったからだ。

結局、コースを二周した。それでもまだ早い気がして、八千代の泊まるホテルの裏から海を眺めた。

すっかり夜になってしまったから、綺麗な景色が見えるわけでもない。ヨットハーバーや駐車場、マリンパークの一角を、暗がりに波の音だけを聞きながら歩いた。

そんな無益な時間が、どうしても必要だった。

さて、次はどこに行こうか。そう思って、立ち止まったときだった。

力強い足音が、聞こえたのは。よく知る長身が、暗がりを泳ぐように近づいてきたのは。

「ここにいた!」

珍しく声を張った八千代が、小走りでやって来る。

手には、ダブルクリップで留められた原稿の束があった。

「よく、ここにいるってわかったな」

「人間は落ち込んだとき海に行くって、先輩が言ったんじゃないですか。去年、館山で」

「いや、俺、別に落ち込んでないし。ちょっとナイーブな気持ちになってただけで」

「なんで俺が読んでるだけでナイーブになるんですか」

「うるさい。そういうものなんだよ」

息を吸った。無意識に握り締めていた両手から力を抜こうとしたのに、できなかった。

「……どうだった」

「レース前に、なんて酷い小説を読ませるんですか」

忍の前に仁王立ちして、八千代が声を凄ませる。

「人が明日、世界陸上を賭けてレースに出ようとしてるときに、大学で伸び悩んでる競歩選手と崖っぷちの売れない小説家が主人公の小説なんて読ませて。しかも主人公、最後のレースで負けるじゃないですか。競歩、引退してるじゃないですか。アスリートの道を諦めて普通に生きていく選択をしてるじゃないですか。小説家は小説家で、売れない自分のまま業界にしがみつく決意なんてしちゃってるし。なんですかこれ。本人達は納得してるかもしれないけど、読んでるこっちは辛すぎますよ。読むって言ったの俺ですけど、よくもまあ、こんな辛い小説、輪島まで持って来ましたね」

原稿を忍の前に掲げて、八千代は一気に捲《まく》し立てた。肩で息をしながら、忍のことを睨みつける。

彼は、怒るに違いないと思った。主人公の二人を《勝たせなかった》ことを。二人が《負け》を噛み締めて次の場所へ向かう終わり方を、八千代だけは許さないと。

「面白かったよ」と言ってほしいなら、他の人に読んでもらう。それこそ百地さんだったら、どれほど修正が必要だと判断しても、「面白かったです」とまずは言うだろう。

それでも、彼に読んでほしかった。

「でも、面白かった」

波音に紛れるような擦れた声で、八千代は首を縦に振った。何度も何度も振った。

「小説の中に、俺がいました。調子がいいときの俺の《歩き》が、この中にありました」

原稿を両手で握り締めて、八千代は今度は小さく頷いた。やはり、何度も何度も頷いた。

「高畠でのレースのとき、こうやって歩けば50キロで勝てるって、確かに見えたんです。なのに、輪島に向けて練習してるうちに、どうやって歩いてたのかわからなくなった。どれだけ練習しても、自分の映るビデオを観ても、強かったときの自分が見つからなかった。でも、この小説の中にいたんだ。調子よく歩いているときの俺が、小説の中にちゃんといた」

上擦った声で言った八千代が、胸の前で原稿を抱える。まだ本にすらなってない。なるかもわからない紙の束を、大事そうに抱きしめる。

「俺に小説の善し悪しはわかりません。わからないけど、俺にとっては凄く大事な本になるということは、よくわかります」

「気が早いな」

もう充分だと思ってしまう自分に、忍は溜め息をこぼした。この小説が八千代以外の目に触れることなく、本になることもなく消えていったとしても、悔いはないかもしれない。

「逃げちゃ駄目ですよ」

忍の真意を見透かしたように、八千代が言う。穏やかだけど鋭利な、呪いのような言葉だった。

「どんなに辛くても、最前線で戦ってください。俺も歩き続けられる限り歩きます」

ああ、わかったよ。言われなくてもわかってるよ。肩を震わせて、そう言った。

口からこぼれるのは笑い声なのに、涙が込み上げてくるような感覚がする。涙は出ないのに、体の芯を焼くような熱量だけが、忍の中で渦巻いていた。

第七章　二〇一九年　春

輪島

『榛名さん、原稿ありがとうございました』

ホテルを出たところで、百地さんから電話がかかってきた。朝六時にかけてきたのは、忍が輪島にいて、午前七時半スタートのレースを観戦するとわかってのことだろう。

「すみません。日曜の朝に連絡いただいちゃって」

『いえ、休みでよかったです。今日一日かけて読ませていただきますね』

八千代さん、勝てるといいですね。そう言って百地さんは電話を切った。タイミングよく、エントランスから「おはようございまーす」と福本が駆けてくる。

「いやあ、前泊って素晴らしい。清々しい気持ちでレースが観戦できる！」

朝から元気な様子の福本は、昨日の夜に新幹線とバスを乗り継いで輪島入りした。大学四年生になってすでに新聞部は引退し、早々に新聞社に内々定もして、あとは残りの大学生活を満喫するだけという状態らしい。

「高畠のときは金がないから前泊は無理って言ってたのに」

「就活を終えた自分へのご褒美です。八千代先輩の世界陸上、ひいては東京オリンピックがかかってるんですよ？　現地で観たいじゃないですか」

ホテルからタクシーに乗り、昨日バスを降りた道の駅まで行った。目の前の道がスタートとフィニッシュ地点だ。道路を跨ぐように白い横断幕が張られ、「日本陸上競技選手権大会50㎞競歩」という文字が風に揺れている。交差点も封鎖され、信号機が黄色く点滅していた。

もうすぐ七時半になろうという頃、道の駅側の待機スペースから選手達がぞろぞろと誘導されてきた。

観客や応援団で賑やかだった沿道が、一瞬で静まりかえる。コース上に点々と置かれたカラーコーンの色が、一段と鮮やかになる。福本がじっとカメラを構えた。

八千代の姿はすぐに見つかった。慶安大を卒業してしまった八千代は、もう瑠璃色のユニフォームを着ていない。市販の黒いウエアにアームカバーをして、いつも通りサングラスをかけている。そのせいで表情が見えないのも、やはりいつも通りだった。

蔵前の姿もある。その場で小さくジャンプをしながら、にこやかにコースの先を見据えていた。その隣には、彼と一緒に世陸を歩いた伊達の姿もある。

黄色いゼッケンを腹部につけた選手達が、スタートラインに並ぶ。そこからは容赦がない。

スターターが出てきて、ピストルが構えられる。数拍置いて、乾いた音が響き渡る。

ふと、空を見た。まただ。また、空は真珠色をしていた。なんだかもう、競歩のレースといえばこの空を思い出すようになってしまった。

スタート地点のすぐ側に実況解説者の陣取るテントがあって、そこからスピーカーを通して、実況が聞こえてくる。

『さあ始まりました。男子50キロ競歩です。このレースは――』

足音がいくつも重なって、実況を掻き消してしまう。色とりどりのシューズの数は、二十五人分。今まで観戦したレースで一番少ないかもしれない。

どちらかの足が常に地面に接していること。

繰り出した足は接地から地面と垂直になるまで膝を伸ばしていること。

この二点を頑なに守った歩型。ルールという鎖に縛られて、その中で最速を競い合う。50キロのレースらしいゆったりとしたペース（それでも充分速いのだけれど）で目の前を通過していく集団に、忍は溜め息をこぼした。

いつもこうだ。スタート直後はいつも、触れることが許されない神聖な儀式を眺めているような気分になる。歩道と道路。触れられるくらい側にいるのに、選手達は別世界にいる。

自分にないものを見せつけてもらえる。だから、とても心惹《ひ》かれる。

最初の2キロは、蔵前と伊達を先頭に縦に大きな集団が作られた。一周のタイムは8分55秒だったと実況が聞こえた。

八千代は集団の中ほどにいた。風が強いから集団の中の方が体力を消耗しなくてよさそうだ。忍が自分の目とライブ配信の映像で見た限りでは、歩型も安定している。

その後も、蔵前と伊達がペースを作った。5キロの通過は22分20秒、10キロは44分10秒だった。なかなかいいペースだ。

「天気、心配ですね」

15キロを過ぎたあたりで、福本が空を見上げた。

「冷たい春の雨になりそうだって、天気予報で言ってたもんな」

北陸は、九時頃から雨になるらしい。スタート時は真珠色だった空が、徐々に黒っぽく沈んだ色に変わっていった。心なしか気温が下がった気がする。

石畳の歩道にはテントが張られ、給水所が設けられている。忍と福本の目の前には、警告掲示板と周回数を示す札、大きなスポーツタイマーがあった。

このレースで優勝し、派遣設定記録である3時間45分をクリアすることで、ドーハ世界陸上の道は開ける。まだ三時間近くある。ゴールまでに確実に雨が降るだろう。

八千代の姿が忍達のいる場所からも見えてきた。先頭から30秒ほど差をつけられて六位だ。福本がカメラを構えたが、シャッターを押す前に小さくくしゃみをした。

「寒いな」

忍はその場で小さく屈伸した。肌寒い中ずっと立っているせいで、だんだん膝が痛くなってきた。長袖にハイソックスを着用した選手の姿もあるから、歩いている方もそれなりに寒いはずだ。

「八千代！　先頭との差、36秒！」

忍の声に、八千代が右手を軽く上げた。前を見据えたまま、真っ直ぐ歩いて行く。

「これで雨が降ってきたら、低体温症が心配ですね」

福本が鼻を啜りながら呟く。初めて能美のレースを取材したとき、八千代は「寒くて体が動かなくなった」と言っていた。防寒も気休め程度にしかならないだろう。

「ていうか、さっきの伊達選手、凄くなかったですか？　蔵前さんに若干差をつけてたし。がんがん飛ばしてるわけじゃないけど、一歩一歩の気迫が凄いっていうか」

何度か目の前を通った伊達という選手は、蔵前と同い年で、大学時代から競い合っていた仲なのだと蔵前本人から聞いた。一緒に歩いている蔵前にドーハの内定が出ているとなれば、絶対に負けられないはずだ。

伊達の歩きは、福本の言う通り迫力があった。気が急いてオーバーペースになっているわけでもない。安定したペースで蔵前を突き放していく。まるで、修行僧みたいに。

伊達と蔵前の差は、周回を重ねるごとに広がっていった。20キロ過ぎに、ついにその差は10mほどになる。伊達は完全な独歩状態だ。

雨が降ってきたのは、その頃だった。

忍のこめかみを雨粒が擦った。降るんだか降らないんだかわからない中途半端な状態が数分続いて、ついに本降りの雨になった。

傘を差していても足下や指先が雨に濡れ、そこに風が吹きつけるから体温が奪われていく。耐えかねた観客が雨をしのげる場所を求めて沿道から姿を消した。

「福本さん、大丈夫？」

折りたたみ傘を差して体を縮こまらせる福本の顔を覗き込むと、「何言ってるんですか」と意外と元気な声が返ってきた。

「私、来年には新聞記者になるんですよ？　雨くらい可愛いもんです」

そんな頼もしいことを言って、前を通りかかった楓門大の選手に「ファイトー！」と声を掛けた。

しかし、雨が降り出して明らかにレースの様子が変わった。周回遅れ寸前のふらふらとした歩き方が、ほんのちょっとだけ持ち直した。

寒さによる棄権が立て続けに三件あり、掲示板に警告が貼り出される頻度も上がった。各所に散らばる審判員の出した警告の札を回収する連絡係が、自転車でコースを忙しなく走り回っている。

「このレースって、ペナルティーゾーンありだったよな?」

ペナルティーゾーンとは、警告を三枚出され失格になるはずの選手が、ペナルティーゾーンという場所で所定の時間待機すればレースに復帰できるというものだ。50キロのレースなら、五分待機する必要がある。およそ1キロ分のハンデを受ける代わりに、失格にならずに済むのだ。

もちろん、レース復帰後に四枚目の警告を受けたら失格となる。東京オリンピックでも採用される可能性があるらしい。

「ありですけど……」

福本が見たのは、忍が握り締めるスマホだった。先頭を歩く伊達の姿が、ライブ配信でちょうど映し出されている。

「世陸の派遣設定記録のことを考えると、ペナルティーゾーンに入るのはマズいです」

噂をすれば、伊達と蔵前の姿が近づいてきた。伊達を先頭に、やや差を詰めた蔵前が数メートル後ろに続く。

伊達が通過した瞬間から、忍は自分の腕時計を睨みつけた。八千代が近づいてくる。忍は再び彼に伊達とのタイム差を伝えた。

「先頭と、46秒差！」

八千代の順位は六位のままだ。前後の選手が入れ替わったりしたが、リズムを変えずに歩き続けている。ただ、じわじわと伊達との差が開いていた。

「まだ半分だから焦るなよ！」

忍に続いて、福本が「ファイトー！」と口に両手をやって叫ぶ。八千代はいつも通り、感情のはっきりしない顔で、しなやかに歩いて行く。

「当たり前ですが、観てる方は何もできないんですよね。精々、頑張れって言うくらい」

「福本さんも陸上やってたんだし、応援が力になるって経験、あるんじゃないの？」

「力にはなります。でも、走るのは自分です。八千代先輩の場合は、どうしたって歩くのは先輩です。私達は代わってあげられない」

目の前を見知らぬ選手が歩いて行く。そして、忍達から20m先でレースを辞めた。足が止まり、そのまま歩道との境界ブロックに腰を下ろしてしまう。

運営員が大きなタオルを抱えてやって来て、彼をコースの外へ連れ出した。悔しさなのかそれ以外の何かなのか、呻き声のようなものが人垣の向こうから聞こえてくる。

「慣れてるから、何もできないことなんて」

呻き声の方向を見つめながら、忍は頷いた。

小説家は、本を送り出したらできることはほとんどない。それに比べたら、沿道から声援を送れるのだ。もしかしたら自分の「頑張れ」が、タイムをほんの少し縮める助けになるかもしれないのだ。それで充分だ。

「福本さん、箱根駅伝を走った八千代にインタビューするのが大学時代の目標だって言ってなかった？」

随分昔の話を持ち出した忍に、福本はこちらの胸の内を探るように首を捻った。

「もう卒業しちゃったけど、今日、しなよ。きっと今日ならいいインタビューになるよ。世界陸上とか東京オリンピックへの抱負とか、たくさん聞きどころがあるよ」

言いながら、いくらなんでも気が早いなと思った。むしろ、こういう話をすると正反対のエンディングを迎えてしまいそうで怖い。

「ついでにあれもやりなよ。インタビューのあとに告白するやつ」

慌ててそう付け足すと、思い切り眉間に皺を寄せられてしまった。真剣に聞いていたのになんだ、という目で睨まれる。

「結構です。正直、もう八千代先輩のことは恋愛対象として見れないんで」

「……そうなの？」

「去年の日本インカレのあと、豚骨ラーメン食べながら話したじゃないですか。私、八千代先輩が競歩をやるのは、箱根駅伝への当てつけだと思ってたって。そうじゃないってわかったとき、自分の気持ちがいろいろ見えたんです」

折りたたみ傘の小さな柄を握り締めて、福本は困ったように笑ってみせた。

「大昔に榛名さんには『そんなことない』って言いましたけど、私、強いランナーの八千代先輩が好きだったんですよ。だから、競歩に転向した先輩のこと、ちゃんと理解できなかったんだって。自分が好きになったときの先輩のままでずーっと見てたから、競歩にどんな思い入れがあるのか、わからなかったし聞けなかった」

あの日、ラーメン屋で鼻をかんでいた彼女の姿を思い出し、忍は奥歯を嚙んだ。彼女がくれた「榛名さんは世界でたった一人きりです」が、奥歯から全身に染み渡ってくる。

「あ、でも、八千代先輩が優勝したらインタビューはします。これで先輩がオリンピックに出たら、どや顔で原稿書きます。日本一早く八千代篤彦に目をつけていた記者です」

胸の前でぐっと両手を握った福本が、にこっと笑いかけてくる。

――そうだな。

そう返そうとしたとき、怖いくらい近くで、水の撥《は》ねる音がした。水溜まりの水を、人間の足が撥ね上げる音が。

選手ではなかった。運営員だ。両手にベント・ニーとロス・オブ・コンタクトのマークが入った札を持ち、警告掲示板へと駆け寄っていく。

何人かの選手に三つ目の警告がついた。一人、ペナルティーゾーンから復帰したのに警告を受けてしまい、失格になった。

伊達に、警告が一枚ついた。

八千代篤彦のナンバーの隣にも、ベント・ニーの警告が貼り出された。

「大丈夫、大丈夫！　全然曲がってない！　全然平気！」

言っていて、我ながら焦りすぎだと思った。案の定、福本に「逆に心配になるようなこと言わないでください！」と怒鳴られてしまう。

八千代は、そんな二人に軽く手を上げて応え、歩いて行った。

八千代に一枚目の警告が出た上に、忍の目の前で審判員から再びベント・ニーの注意の札を出されるのを目撃してしまって、頭が真っ白になった。

「八千代、落ち着いてたよな？」

「むしろ榛名さんに対して『お前が落ち着け』って顔してましたけど」

「お、おう」

ああ、八千代に先頭とのタイム差を教え忘れた。再び頭を抱えて、忍は取り落としてしまった傘を拾った。

30キロを過ぎて、いつの間にか蔵前が先頭の伊達に追いついていた。三位、四位、五位の選手が蔵前から30秒後方におり、六位の八千代がさらにそこから10秒ほど遅れている。

蔵前と八千代の差は50秒近くになった。

忍達の目の前で、また一人の選手が失格になった。ペナルティーゾーンを出たあとに四枚目の警告を出されてしまったのだ。

「今日の完走……じゃなくて完歩率、凄く悪そうだな」

「エントリーが二十五人で、もう五人棄権や失格になってますからね。勝つだけじゃ駄目なのが辛いです。3時間45分を切らなきゃいけないから」

伊達と蔵前がまた忍達の前を通過する。タイムを確認して、忍は「ん？」と首を傾げた。

「伊達選手のラップ、ちょっと落ちた？」

自分の時計と、タイムを計測していた福本のスマホを見比べる。序盤は8分50秒前後、雨が降り出してからも8分55秒前後でラップを刻んでいたのに、この一周は9分2秒だった。わずかながら、ペースが落ちている。

しかも伊達は周回ごとにペースを落としていった。9分11秒、9分16秒……35キロ地点では9分20秒かかった。

雨脚は弱くなってきたのに、ラップがどんどん下がっていく。その後ろにぴたりとついている蔵前のラップも、当然落ちている。

「伊達選手、前半から飛ばしてたから、しんどくなってきたんでしょうね」

35キロから40キロが勝負所。ここで失速する選手が多い。蔵前の言葉を思い出し、忍はスマホを持つ手に力を込めた。ライブ配信に映る伊達の後方に、小さく八千代がいた。八千代と伊達のタイム差も30秒まで縮まっていた。前の二人が32キロ過ぎに失速したお陰で、順位も四位まで上げた。三位の選手も、手が届くほどの距離にいる。

「このまま行けば追いつけますよ、八千代先輩」

福本がその場で小さくぴょんぴょんと跳ねる。傘についた雨粒が思い切り忍に飛んできたが、文句は言わないでおいた。

でも。

一際大きな雫《しずく》が忍の瞼を直撃して、「うわっ」と声を上げ、目元を擦ったときだった。目を開けたら、伊達の後ろに蔵前がいなかった。

「……うわ」

スマホの小さな画面の中で、蔵前が先頭に躍り出た。ラップが落ちていたぶん、観ているこちらの息が詰まるようなスピードで、伊達を引き離す。

忍は、福本とその様子を呆然と眺めていた。

蔵前の姿がコースの先に見えてきた。はっきりと、彼の足音が聞き取れるようになる。軽やかで、リズミカルで、雨でちょっと湿っていて——それでいて、重い。

額や頬、二の腕、太腿、脹ら脛を、雫が伝う。腕を振るたび、足を前に繰り出すたび、雫が飛ぶ。

35キロから40キロが勝負所だと、そう言っていたのはあの人だ。その言葉の通り、彼は36キロで勝負に出た。失速した伊達にペースを合わせて体力を温存し、伊達が食らいついて来られないと判断したタイミングで、先頭に出た。

その思惑を見せつけるように、蔵前は忍の前を通り過ぎる際、白い歯を覗かせてにやりと笑った。「どうよ」と声まで聞こえてきそうだった。

追い抜かれた伊達が、天を仰ぐようにして蔵前を追いかけて行く。

「せ、性格悪っ……」

堪らず、忍は呟いた。

彼は昨日、このレースを東京オリンピックを想定して歩くと言っていた。ドーハに出場し、東京への切符を得る。それを見越して彼は歩いている。一緒にロンドン世陸を戦った伊達がいたって、八千代がいたって関係ない。脳裏にはきっと、ロンドン世陸のメダリストがいる。蔵前は、彼等を追っている。

伊達の後方から三位の選手と八千代が近づいてきた。八千代も、蔵前が伊達を抜くのが見えたはずだ。

空が明るくなってきた。青空の気配が地表に届く。じきに雨が止むだろう。

「八千代！」

こちらに向かってくるぐっしょり濡れた黒いウエアに、忍は叫んだ。

先頭とのタイム差と——絶対に蔵前に勝てと伝えようとした忍に、八千代は静かに拳を振り上げた。親指を突き出して、サムズアップをしてみせる。

スタートからずっと、前を見つめて歩き続けていた八千代が、初めてこちらを見た。

お前の言いたいことは全部わかっている、という顔で、八千代は忍達の前を通過した。

その後ろ姿は美しかった。しなやかで、ルールに縛られているはずなのにのびのびとしていて、強くて速かった。

八千代はそのあとすぐに三位の選手を捉えた。二人でペースを作って追い上げる——ということはせず、あっという間に三位になった。

コースを折り返して再び姿を現したとき、彼は目の前を歩いていた伊達を追い抜いた。

前にはもう、一人しかない。

八千代は一周9分2秒ほどかかっていたラップをぐんと上げた。

40キロ通過時には、8分55秒というレース序盤並みのペースになっていた。急激なペースの上げ下げは体力の消耗が激しい。長い距離をかけて緩やかに、少しずつペースアップしていくのが定石だというのに、八千代はそんなもの知るかという剣幕で歩いていた。

焦っちゃ駄目だ。彼が目の前を通過するたび、そう声を掛けたくなった。八千代の姿が眼前に迫り、彼が振った腕から雨粒が忍の頬に飛んできた。

頬が濡れた瞬間、彼の顔を凝視した。凝視して、凝視して、忍は「歩け！」と叫んだ。

八千代に何度かロス・オブ・コンタクトの注意が出されるのを、ライブ配信で確認した。

それでも彼は怯まなかった。ペースを落とすことなく、蔵前を追い上げる。蔵前も伊達を抜いてからペースを緩めることがない。

じりじりと、八千代は蔵前との差を詰めていった。あまりにじれったくて、このままじゃゴールまでに蔵前に追いつけないのではないかと、忍は拳を握り込んだ。

一歩一歩だった。

泣きたくなるくらい、地道に、本当に少しずつだった。

まるで、彼のこれまでのようだ。結果が出なくても、勝てなくても、彼は歩いてきた。

物語の主人公のような、華やかなドラマも劇的な展開もなかった。水流が石を削るように、砂粒が積み重なって陸になるように、岩に苔《こけ》が生えるように、一歩一歩、歩いてきた。

長かった。

とても、長かった。

45キロ地点でついに、八千代と蔵前の差は10秒になった。

先頭のタイムは3時間22分5秒。世界陸上の派遣設定記録を充分狙えるペースだ。

「八千代！　追いかける方が強いぞ！」

目の前を通過していった八千代の背中に何度も「強いぞ！」と声を張り、傘を投げ捨てていたことに気づいた。大きく息をついて天を仰ぐと、雨は上がっていた。

神様と、声に出しそうになった。

小説の神様が本当にこの世に存在するなら、畑違いでも何でもいいからここに降りてきてくれ。俺は昨日、あなたに、一本の小説を献上した。それは競歩の道を歩むアスリートが競争に敗れる物語だった。勝利する物語を書いてしまったら、現実に同じことが起こらない気がした。だから、忍は自分の主人公を敗者にした。夢を潰《つい》えさせた。

でも、そのお陰で——冷酷な痛みを伴う、《最高に面白い小説》になったのだと、信じている。その対価をもし得られるなら、それはここがいい。

だって彼は、最初で、最高の、この小説の読者なのだから。

雲間から青空が見えた。濡れた地面に光が差す。天から注ぐ木漏れ日のように、光が斑にコースを躍った。

その中を、コースを折り返してきた先頭の二人が歩いて行く。忍の目の前を濡れた体が通り過ぎていく。

何を叫んだかは、もうわからなかった。

10mあった差はもうなかった。八千代は蔵前の背中にぴたりとつけていた。

蔵前も流石に苦しそうな顔をしていた。でも、どうしてだか口元が笑っているように見える。背後にいる八千代の気配を、しっかりと感じ取っているはずなのに。

『——さあ、ラスト一周です！』

熱っぽい実況者の声が、スピーカー越しに響き渡った。雨は止んだが風は強いままだ。耳の奥で低く唸る風が、不気味だった。

「うわ、八千代先輩が抜きにかかりましたよ！」

忍のスマホを覗き込んだ福本が叫んだ。慌てて小さな画面を確認すると、すでに二人は横に並んで歩いていた。

八千代の体が前に出るが、すぐさま蔵前が並ぶ。今度は蔵前が前に出て、八千代が並ぶ。折り返しまでの500mは、ひたすらそれが繰り返された。

鮮やかなオレンジ色のカラーコーンが、緩やかなカーブを作って折り返し地点を示している。カーブに入る直前、八千代がずっとかけていたサングラスを外し、頭の上にのせた。

蔵前をちらりと見て、大きく息を吸う。

思わず、忍も同じことをした。

八千代の体が、するりと前に出る。濡れた地面を滑るように、這うように、蔵前を抜く。

その瞬間、彼は水面から顔を出して息を吸うように、大きく口を開けて何かを叫んだ。

「抜いた……」

八千代が、一位だ。

八千代が蔵前を抜いたら、福本と二人で飛び上がって喜ぶと思っていたのに。そんなことはできなかった。

折り返した二人が再び自分達の前に現れるまで、ひたすらコースの先を見つめていた。見えてくる。雨に濡れて金色に光る道の先に、二つの黒い影が見えてくる。どんどんどんどん、その影が大きくなっていく。茶色っぽい短髪と長身と、表情に乏しい顔が確認できるようになる。

実況が聞こえる。ラスト1キロだと、二人のラップタイムを伝えている。

忍の目の前で、再び蔵前が八千代に並んだ。追い抜いた。

彼は笑っていた。「やるじゃないの」という顔で、はっきりと、笑っていた。

「福本さん」

忍が咄嗟に背負っていたリュックを下ろすと、彼女は何も言わず手を差し出してきた。

「榛名さん、足遅いから身軽な方がいいですよ」

忍の手からリュックを奪い、「一応、警告掲示板の動向は連絡しますから」と笑った。

「ありがと」

反対車線を歩いて行く八千代の背中を、忍は追いかけた。黒いウエアの背中はどんどん離れていく。石畳の段差や水溜まりに足を取られながら走る忍と八千代の歩く速度がほとんど変わらないから、彼に近づくことができない。

スタート・フィニッシュ地点を離れると、観客の数は疎《まば》らになった。反対側の歩道に、忍と同じように走っている子供がいた。トップの選手に並走して、その歩く速さに目を丸くして「速い！」と声を上げた。

その速さに圧倒されて、心惹かれて、彼は競歩を始めたりするだろうか。忍はふと子供の頃の自分を思い出した。不格好な走りに合わせて、さまざまな年齢の自分が顔を出す。

本が好きになった頃の自分、小説を書き始めた頃の自分、作家になったばかりの自分、スランプに陥った自分、競歩に出会った自分。みんな共通して、自分に期待していた。どんなに大勢の人から「がっかりした」って言われても、それでも、俺だけは俺にがっかりしたくない。

俺の背中を遠くから眺めているたくさんの榛名忍の期待に、応える術《すべ》はあるだろうかと、思った。

息が切れて足が止まる。両膝に手をついて肩で息をした。水溜まりに両足を突っ込んでいた。爪先からじわじわと水が染み込んでくる。

浅い水溜まりに、自分の顔が映っていた。

表情なんて読み取れなかった。情けない顔をしていようが、冴えない顔をしていようが、何だっていい。

足音が聞こえた。顔を上げると、コースの先に人影が見えた。八千代と蔵前が肩を並べて、歩いている。

大きく、息を吸った。

「八千代ー！」

もう一度、吸った。

「負けるな！」

お前が「俺を選んでくれなかった」と言った陸上の神様は、必ず、この先でお前に手を振っている。ゴールテープの先でお前を待っている。

こっちだ、こっちだよ。こっちで待ってるから、頑張って歩いて来い。辛いだろうけど、苦しいだろうけど、歩いて来い。

一歩一歩、自分の足で苦しみながら歩いて来い。

負けるなと叫んだら、もう言葉が続かなかった。たくさん応援の言葉をかけるつもりでここまで来たのに、喉が強ばって言葉にならない。

足音が迫ってくる。地面を、体を、魂を削るような繊細で静かな音。

それを聞いた瞬間、それまで不気味な音を立てて吹きつけていた風が止んだ。代わりに、春らしい軽やかで匂いやかな風が、ふわりと前方から吹いてきた。

選手の背中を押すような、追い風だ。

八千代が何かを叫んだ。肉体の限界をその一声で越えるみたいに。折れてしまいそうな体の芯に、添え木をするみたいに。

一歩、二歩――三歩、蔵前の前に出る。四歩、五歩、六歩――何かに引っ張られるように、前へ前へ進む。陸上の神様に向かって、このレースの王座に向かって歩く。

八千代が忍の前を通過する。蔵前が追いかける。二人の差が10ｍ近くになったのを確認して、忍は走り出した。ゴールに向かって両手両足を動かした。

八千代は前へ前へと歩いて行く。ルールに縛られながらものびのびと、自由に、歩いて行く。

酷く矛盾した競技だった。

誰よりも速く、速く前へ進みたい。一番にゴールテープを切りたい。でも、走ってはいけない。

肩で風を切って、日に焼けた細い体をくねらせるようにして、彼等は歩く。

歩く。

どこまでも、歩く。雨上がりの輝く道を、歩いて行く。

《歩き》を極めるために、《歩き》の頂点に立つために、

ゴールテープが見えた。八千代が両手を広げた。

細い体が、ゴールテープを切る。

真珠色の空から覗く太陽に向かって、八千代が拳を突き上げた。

歓声と拍手が聞こえてくる。実況者が八千代の名前を言う。呆然と、忍は雨に濡れたスポーツタイマーを見つめた。

3時間44分13秒。

「44分13秒……」

風も強かった。雨も降った。寒かった。低体温症でレースを棄権する選手もいた。でも、破った。ドーハ世界陸上派遣設定記録である3時間45分を、八千代は破った。破って優勝した。ドーハ世界陸上、内定だ。

「榛名さーん！」

フィニッシュ地点に集まった観客を掻き分けるようにして、福本が駆け寄ってくる。肩から下げたカメラをぐわんぐわんと揺らし、忍の前で大きく飛び跳ねた。

「3時間44分13秒！」

天に向かって、福本が叫ぶ。堪らず忍も「3時間44分13秒！」と叫び返した。

「これでドーハ間違いなしです！」

ドーハだ。ドーハで、八千代は歩けるのだ。

二位でゴールした蔵前と、八千代が握手をしていた。そのまま蔵前にハグされて、困った顔で会釈をする。運営員の女性から花束を渡され、さらに困った顔で受け取った。優勝者インタビューをすべくマイクを持った男性やメディア関係者がぞろぞろとやって来て、また困った顔をする。

「やっと勝てたんだ」

マイクを向けられて言葉を失っていた八千代が、こちらを見た。インタビューの途中だろうに、彼は花束を高く掲げて、何かを叫んだ。

顔をくしゃくしゃにして、子供みたいに笑いながら。

「榛名先輩」と呼ばれた気がするけれど、再び強くなった風の音に掻き消されて、何と言ったのか聞こえなかった。

まあ、いい。あとでもう一回聞こう。レース後に笑う八千代を見られたのだから、それで充分だ。大学三年の秋から今日まで、彼を見てきてよかった。競歩を見てきてよかった。小説を書いてよかった。

「まだ、世界陸上だもんな」

ドーハ世界陸上でメダルを獲得し、かつ日本人一位になること。それが東京オリンピックの出場条件だ。

東京オリンピックは、来年だ。

「写真、撮っておいてやるか」

たどたどしくインタビューを受ける八千代の姿を、遠くからスマホで写真に収めようとしたときだった。

まるでレースが終わるのを見計らったかのように、百地さんからメールが届いていた。

挨拶文も、「原稿読みました」という導入もなく、短いメッセージが綴《つづ》られていた。

〈凄く凄く、面白かったです。おかえりなさい、榛名忍さん〉

終章　東京と札幌の空に

ビジネスホテルのベッドの上でスマホを弄りながら、忍は大きく欠伸をした。

時刻は午前四時半。窓の外がわずかに白んできて、カーテンの隙間から淡い光がぼんやりと室内に滲んでくる。

ＳＮＳを開いて、ハッシュタグで二〇一九年の秋に開催されたドーハ世界陸上の画像を検索した。蔵前のアカウントが出てくる。

彩度の高い青空の下で、長崎と八千代と蔵前が並んだ写真が投稿されていた。三人の後ろには、世界陸上で使用されたハリーファ国際スタジアムがある。円形の巨大な建物が、アラビア半島の強い日差しを受けて燦々と輝いていた。

写真の中で、長崎と蔵前は奇妙なポーズを取って笑っていた。無理矢理やらされたのだろうか、八千代も仏頂面で同じポーズをしている。

ひとしきり笑ったら、目が覚めた。

セミダブルのベッドでいっぱいいっぱいの室内を行ったり来たりして、歯磨きを終え、電気ケトルで湯を沸かしホットコーヒーを淹れた。

マグカップ片手にテレビを点けると、まだ朝の四時だというのにもうオリンピックの特集番組をやっている。

コロナ禍で一年延期された東京オリンピックも、残すところあと三日だ。

「……あっという間だったな」

堪らず、忍は呟いてしまう。

この一年は——正確には、競歩小説を世に送り出してからの二年間は、長かった。

なのに、オリンピックは一瞬で終わりが見えてきてしまった。

床に放り投げてあったリュックサックに手を伸ばし、お守り代わりに持ってきた一冊の本を引っ張り出した。

およそ二年前、ちょうどドーハ世界陸上の頃に発売された忍の長編小説『歩王』だ。

「歩く王」と書いて「ウォーキング」と読む。ダジャレのようなこのタイトルは、輪島から百地さんへメールを送ったときに仮タイトルとしてつけていた。

百地さんだったり、編集長だったり、営業会議だったり、どこかで絶対に却下されると思ったのに、何故かGOサインが出てしまった。徹夜の末に朦朧《もうろう》とした意識でつけたから、今となってはこのタイトルを思いついた自分が理解できない。

ちなみに、八千代には「ださくて格好いいですね」と笑われた。

カバーは、青い空の下を歩く男の写真。この写真のモデルは蔵前が務めた。当初、百地さんは八千代をモデルにカバーを作ろうとした。八千代が断固拒否し、「俺がやりたい！」と強く希望した蔵前を撮影することになった。

ドーハ世界陸上の直後、東京オリンピックのマラソンと競歩のコースを札幌に移す案が唐突に議論され、最終的に競歩のコースは皇居外苑の内堀《うちぼり》通りから変更されて、札幌市内中心部に周回コースを作ることになった。

それはそれで大混乱だったが、今から思えば、可愛いものだった。

謎のウイルスが中国で流行り出したらしいというニュースを耳にしたのが、二〇一九年の年末。年明けには日本でも感染者が見つかって、瞬く間にマスクなしでは外に出られなくなって、東京オリンピックに黄色信号が点灯した。

オリンピックをやるべきか、延期すべきか、中止すべきか。激しい論争の末、東京オリンピックは一年延期された。あらゆる人の、あらゆる計画が狂った。

忍は大学院を卒業して、専業作家になった。真咲さんからは「地獄にようこそ！」と歓迎された。

長い長い一年間を経て、コロナ禍は収束しないまま、二〇二一年夏に東京オリンピックは開催された。強行開催と言う人もいる。大勢いる。忍も、そうだと思う。

七月二十三日に東京オリンピックが始まってから、テレビも、ネットも、何もかもがオリンピック一色だった。

けれどその裏では、新型コロナウイルスの感染者数が増え続けていた。SNSでは「今からでもオリンピックを中止しろ」と抗議する人であふれ返り、全国の医療従事者が「もう限界だ」と声を上げている。そのたび、都内の病院で研修医として働く亜希子の顔が思い浮かぶ。

オリンピックとコロナ禍が並走する世界で、「こんな状況でオリンピックをやるべきじゃない」と思う榛名忍と、「どうかオリンピックを開催してほしい」と思う自分が、ずっと肩を並べていた。

『歩王』を書いていなかったら、大手を振って「オリンピックを中止すべきだ」と叫んだはずだ。でも、やっぱり、どんな人達がどんな風にオリンピックを目指していたかを知ってしまったら、どれだけ世間から後ろ指をさされようと、「開催されてほしい」と願ってしまう。

そんな中、東京オリンピックは始まった。金メダル第一号となった柔道の選手が「なんとか、なんとか皆さんにオリンピックを楽しいと思ってほしくて、だから金メダルを取らなきゃって思ってたんです」と涙を流したのに始まり、競泳、スケートボード、卓球、ソフトボール、体操、フェンシング、ボクシング、レスリング、空手、野球……日本はたくさんのメダルを獲得した。

リオ五輪のときはハイライトを流し見る程度だった自分が、テレビやネットにかじりついてありとあらゆる競技を観戦することになるなんて、思ってもみなかった。

静まりかえった室内に、テレビから華やかなBGMが聞こえてきた。

アナウンサーが、本日行われる競技を紹介し始める。

『――今日、八月六日は、メダルが期待されている男子50キロ競歩が午前五時半から行われます』

興奮気味に話すアナウンサーがメダル候補とされる日本代表選手を紹介する。

金メダル候補の筆頭は、ドーハ世界陸上の金メダリスト・蔵前修吾だ。

『50キロ競歩は東京を最後に廃止されることが決まりましたが、この種目の面白さを、東京オリンピックで皆さんに見せつけてやりますよ。どの国の選手が金メダルかなんて関係ない。50キロ競歩に挑む選手全員の総力戦です』

最高のレースをお見せします！　カメラを指さして高らかに宣言した蔵前のインタビューは、数ヶ月前の代表記者会見のときのものだ。「流石、蔵前さんだ」と思ったけれど、会見直後は「オリンピックどころじゃないだろ」「アスリートは自分勝手だ」と蔵前のSNSが大炎上した。

『さあ、男子50キロ競歩のスタートは、このあとすぐです！』

アナウンサーがコーナーを締めくくるのを見届けて、忍は『歩王』をリュックにしまい、コーヒーを飲み干した。

部屋に一つだけある小さな窓に歩み寄り、カーテンを開ける。

目の前には、これから選手達が歩く競歩のコース――が、あったらよかったのだけれど。

忍の眼下に広がるのは、大手町のビル群と、その間から覗く皇居の緑だった。

「行きたかったなあ……行きたかったよ、札幌……」

東京に緊急事態宣言が発令されてから何百回と呟いた嘆きが、またこぼれてしまう。

県を跨ぐ往来の自粛。オリンピックは無観客開催。マラソンや競歩の沿道での観戦も自粛せよ。そう言われたら、大人しく従うしかない。榛名忍の担当がすでに六年目に入った百地さんも、体が二回り萎むくらい嘆いていた。

カーテンを閉め、不織布マスクで顔半分を覆って、忍はホテルを出た。

徒歩で二重橋前《にじゅうばしまえ》へ向かうと、皇居ランをしているランナー達とすれ違った。空車のタクシーと配送トラックが、息を殺すように忍の横を通り過ぎていく。

当初の予定では競歩のレースが開催されるはずだった内堀通りは、ガラス張りのビル群と皇居の緑が合わさって、なんだかとても神々しい場所に感じられた。

どうやら、日の出を迎えたらしい。皇居側からじわじわと金色の光が染み出てきて、堀の水が白く光って、その光が大手町のビル群に反射していく。

二重橋前をスタート・フィニッシュ地点としてここが周回コースになっていたなんて信

じられないくらい、静かで美しかった。

選手も観客もいない《元コース》だった場所で、忍はしばらくたたずんでいた。

徐々に、50キロ競歩のスタート時間が近づいてくる。

そろそろライブ配信がスタート前の様子を映しているだろうかとスマホを取り出したとき、タイミングよく電話が来た。

「――電話なんてして大丈夫なの？」

愛理、と名前を呼ぶと、福本愛理は「大丈夫じゃないですよ」と笑い飛ばした。

「万が一、忍さんが寝坊でもしたらマズいなと思って、モーニングコールをしてあげたんですよ」

「それはどうも。でも大丈夫だよ。今ちょうど、二重橋前をうろうろしてたから」

「レース当日に内堀通りのコースを見にいくなんて、もの好きですよね。しかもわざわざホテルにまで泊まって」

「始発じゃ間に合いそうになかったから、いいんだよ」

どうしてそんなことを？　と聞かれたら、見ておきたかったからとしか言えない。作家・榛名忍として、東京オリンピックをすべて見ておきたかった。

「そっちはどうなの？　なんだかんだで、札幌も暑そうだけど」

大手新聞社に就職した彼女は無事スポーツ部の配属になり、この二年間、全国を飛び回っていた。一年延期になったとはいえ、スポーツ記者として満を持してオリンピックを迎えたというわけだ。

陸上競技の担当になった彼女は、札幌で競歩とマラソンの取材に勤しんでいる。

「暑いですよー。東京に比べたらマシでしょうけど。どのみち、過酷なレースになることは間違いないです」

あと……。声のトーンを落とした彼女が、小さく溜め息をつくのがわかった。

「昨日の20キロ競歩もそうでしたけど、沿道のお客さん、結構多いですね。50キロは朝早いんでそうでもないですけど、レース後半は人も増えそうな予感です。明日以降のマラソンも、どうなるか」

「いくら観戦自粛を呼びかけたって、やってれば来ちゃうもんな。テレビだってあんなに盛り上がってるし」

「私達報道側の責任もありますけど、これが競技や選手を叩く方向に行かないことを願うしかないです」

そこで、愛理の声が一瞬途切れた。「はーい、すぐ行きます!」と電話の向こうで誰かに返事をするのが聞こえた。

「すみません、そろそろ切ります」

「うん、オリンピックが終わったら、現地がどうだったか、いろいろ聞かせて」

「パラリンピックもありますから、当分先ですけどね」

「蔵前さんと、八千代によろしく」

それだけ言って、電話を切った。

昨日、彼は今更のように『歩王』の感想をメールで送ってきた。普段は「『歩王』が売れたのは絶対に蔵前さんじゃなくて俺のお陰だと思います」と生意気な口を利くくせに。


――明日に備えて、今日、『歩王』を読み返しました。


メールの書き出しには、そう綴られていた。

この言葉で自分はまた、作家としてもう一歩、頑張れる気がした。依頼される仕事を片っ端からこなしながら、真咲さんのように自分の本の売上げに胃をきりきりと痛めながら、「地獄だ」と嘆きながら、それでも歩く。一歩を繋いで行く。

堀の水を撫でるようにして、ほのかに涼しい風が吹いてくる。周囲に人もいないしと、忍はマスクを外して大きく息を吸った。

ガラス張りのビルに反射した朝日が、四方からコースに降り注ぐ。空に向かって、ふわりとあたり一帯が浮かび上がる感覚がした。

じわじわと気温が上昇していくのを全身で感じながら、忍はコースの先を見つめた。

スマホを競歩のライブ配信に繋ぐ。すでにスタート地点に各国の選手達が整列していた。その息遣いが、肌を掌で叩く音が、鼓動が、体内を血液が流れゆく音が、聞こえてくる。

東京から札幌まで、800キロ以上ある。その距離を飛び越え、早朝の透き通った青空に、ピストルの音が打ち上がった。

東京と、札幌の空に。

選手達が弾かれたように動き出す。その中に、よく知る長身の選手がいる。お馴染みのサングラスのせいで表情はよくわからない。わからないけれど、彼が今何を考えているのかは、わかる。頭の中に何を思い描いて、歩いているのか。

彼の——八千代篤彦の中には、忍の書いた小説がある。50キロという長い長いレースに挑む彼の体内に根を張り、息づいている。

確かに、呼吸している。

目を閉じると、誰もいない内堀通りのコースに足音が響いた。ルールという人間らしい鎖に縛られ、その中で「誰よりも速く歩く」ために磨き上げられた、人間の歩く音が。

全身で、この世界を突き進む音が。

謝辞

この小説の執筆にあたり、元競歩選手の小林快さんに多大なご協力をいただきました。
この場を借りて御礼申し上げます。本当にありがとうございました。

解説

小林《こばやし》快《かい》
（元競歩選手）

【注意】物語の結末に触れる記述があります。本編を読んだ後にお読みください。

「競歩の何が面白いのかよくわかんない」
取材を始めたばかりの、忍《しのぶ》の台詞だ。人生の約半分を競歩に費やしてきた私には大変腹立たしい、とはならなかった。なぜなら、競歩に人気がないこと、そしてそれがどれだけ深刻なことなのかということくらい、我々競歩関係者が一番痛感しているからである。
現在の競歩は、オリンピックでの活躍などもあり多くの人々に認知されるようになった。少し前までは、こんなに競歩が知られている未来など誰も考えられなかっただろう。様々なメディアのおかげもあり、両足が浮いちゃいけないんだよね、意外と速いんだよねというくらいのことは知っている人も増えた。ただし、認知されているだけ。興味を持ってくれている人はまだまだ少ない。人気を獲得できなければ競歩を始める選手が増えず、雇用先も少ないままだ。そして才能のある選手たちが発掘されず、最終的に競技の強化にまで影響が出てしまう。

オリンピックのみならず数々の世界大会でたくさんの選手たちが実績を残している今こそ、この状況を変える最大のチャンスである。何か自分にできることはないかと考えていたそんなとき、この小説のためにインタビューをしたいというお話をいただいた。元来小説を読むのが好きだったこともあり、こんなに嬉しい話はないと二つ返事でお引き受けしたことを今でも覚えている。なにより、小説の題材として競歩に白羽の矢が立ったことに心が弾んだ。

インタビューでは、競歩の詳細なルールやセオリーとされること、競歩を始めたきっかけや競技中に考えていることなど、まさに忍が蔵前《くらまえ》にインタビューしたようなことを一時間ほど話した(額賀さんからは八千代《やちよ》のような生意気な後輩は紹介されなかったが)。

そのたった一時間の協力のみで巻末に謝辞を載せていただく私はなんて幸せ者だろう。ありがたい気持ちでいっぱいである。

『競歩王』を拝読したが、競歩に詳しい方にはとても面白い小説ではないかと思う。例えば第一章の初詣。競歩とは全く関係のないような日常の場面に思われるが、明治神宮という舞台から元旦競歩につながることを確信し、思わず笑みがこぼれた。他にも競歩を知っているからこそ予知できる未来が随所にちりばめられており、ページをめくるのが楽しみになる。

しかし、私は競歩を全く知らない方にこそ、この一冊をお薦めしたい。競歩のルールなどの基本的な事柄はもちろんのこと、選手たちのスケジュールやこの世界の常識などを忍たちと共に知ってもらえるからである。実際の大会会場などが舞台となっており、その光景や独特の雰囲気、臨場感まで現実そのままだ。蔵前が八千代を誘ったように、所属の違う選手たちが集まって練習することも競歩の世界では当たり前。敵同士なのにとよく驚かれるが、そう言われるとつくづく不思議な世界だなとも思う。

また、「走って——歩いている」「普通に歩くときは、普通の速さなんだ」などは、競歩を知らない人間代表・忍からしたら至極当然な言葉なのだろう。競歩をやっている人間ならおそらく一度は、いや、二度三度どころか耳にたこができるほど聞いた言葉であり、思わずクスリとした。余談ではあるがよくされる質問として、走りたくならないのかという問いにはサッカーで手を使わないのと同じだろうと思うし、急いでいるときには競歩ではなく確実に走る。

そして、福本《ふくもと》もまた大切な役割を果たしていると感じる。前半は競歩に詳しい人間としてルールや次のスケジュールなどを説明し、忍を通じて読者にこっちだよと手招きしてくれる。しかし、忍が八千代を理解していく後半では、彼らを理解できない一人として疑問を持ったり閉口したり読者と共に困惑してくれたりすることで、私自身答えられない「なぜ競歩なのか」という問いを投げかけてくる。

冒頭に書いた忍の台詞は気に障ることなく楽しく物語を読み進めていった私だが、次第に腹の中で黒い渦が巻き起こるように、ふつふつと苛立ちが湧き上がってきた。八千代の卑屈さや忍の煮え切らなさ、そしてお互いの投げやり感に対してである。さらに、今の実力では精一杯と言える結果を出した直後に地面を叩いて悔しがる八千代に、現状を受け入れず設定するものは目標ではなく単なる高望みだと、願望だけでは成長しないと、怒りすら覚えた。八千代に本当の目標なんてないんじゃないかと軽蔑し始めたそのとき、蔵前がガツンと目を覚まさせてくれた。私の目を、だ。苛立ちの矛先は忍や八千代ではなく、私自身に向けられていたと気付かされる。思い通りにいかないときの苦しさやつらさ。もがいても光が見えず、時には自分に愛想を尽かす。そんなこともあったじゃないかと、目標すら見えないときもあったじゃないかと、蔵前の一言一言が拳になって私を殴ってくるように感じられた。

私と一緒に叱られた後、八千代は変わった。同時に忍も変わった。苦しみ、悩みながらも少し成長した彼らを安堵と共に眺めながら、そのときこの世界の中に私自身を見つけた。私とは真逆の性格（これまたなんとも羨ましいことに私と違って長身）の八千代の中に。小説を書く、という私の知らないはずの世界でもがく忍の中に。そして蔵前や長崎《ながさき》、真咲《まさき》の中にも。先ほどはそんなこともあったなどと過去のことのように片付けていたが、今の自分はどうなのかと、彼らを通して考える。本当になにも迷わず、うだうだと言い訳をせず、爽やかな毎日を送っているだろうか。思い通りにいかないことに苦しみ、時には理不尽に押しつぶされながら自分のやりたいこと、いや、仕方なくとは言わないまでも、なにもできない自分にならないためのことを精一杯やっているのではなかろうか。

ここでまた、「なぜ競歩なのか」と問われた気分になる。そして、この問いは忍にも「なぜ小説を書くのか」と詰め寄っていること、更にはこれが全ての人に対しての問いになり得るものであると気付く。ということは、なにもできない自分にならないためなのではないか、しかしそれでは競歩でなくてもいいのかというとそうではないと、私はまた思考の渦に巻き込まれ、答えが出せなくなる。

そんなことを考えている間にも、物語は進む。もがきながら、おびえながらも一歩一歩、まるで注意や警告にまみれた競歩選手のように進んでいく彼らとは正反対に、無情にも時間は矢のように過ぎ去っていく。あれよあれよという間にオリンピックが近づいてくる。そのオリンピックにつながっていくドーハ世界陸上の選考会。輪島で行われる日本選手権。不調に苦しんでいた八千代だったが、忍が苦しみながら書き上げた小説のおかげで自分を取り戻し、優勝する。記録は3時間44分13秒。いやいや、現在の日本競歩界のレベルからして、そのタイムでの優勝はあり得ない。派遣設定記録を切ってようやく選考のスタートラインだよ、と少しばかり皮肉を言いたくなった。八千代はそのままオリンピックの代表にもなった。そこに到達するのがどんなに難しいかと、また少し愚痴がこぼれそうになる。「いいじゃないか、小説家にだっていろいろあるんだ」と、額賀さんの声が聞こえてきそうだ。そこでようやく、そうだこれはフィクションだったと思い出す。あまりのリアルさに、いつの間にか彼らがすぐそこで本当に息をしているかのような気持ちになっていた。ついつい八千代を厳しい目で見てしまっていたことに苦笑する。いいじゃないか、最後は希望に溢れる物語の方が。苦しんだ彼らが最後に手にした希望を、私自身の希望にしながら一歩一歩歩いて行ければと、強く思う。なぜ競歩なのか、見つからない答えをこの物語の中に探し続けながら。そして50キロ競歩の場面を読む度に、この頃はまだこの種目があったんだなという一抹の寂しさを抱えながら。

小説は読むのが好きなだけで書くのは素人の私であるが、こんな私に解説を依頼してくださった額賀さん、そして光文社の方々に深くお礼を申し上げたい。当然のことながら書評などできるはずもなく、元競歩選手の読書感想文となってしまったが、少しでも競歩の魅力、そして『競歩王』の魅力を表現できていれば幸いである。

最後に、この小説がさらにたくさんの方々に手に取ってもらえることと、勝手ながら競歩の人気が少しでも高まることを願い、結びとしたい。

二〇一九年九月　光文社刊

光文社文庫

競《きょう》 歩《ほ》 王《おう》

著者 額《ぬか》 賀《が》 澪《みお》

2022年6月20日 初版1刷発行

発行者 鈴木広和
印刷 堀内印刷
製本 ナショナル製本

発行所 株式会社 光文社
〒112-8011 東京都文京区音羽1-16-6
電話 (03)5395-8149 編集部
8116 書籍販売部
8125 業務部

ISBN978-4-334-79372-2 Printed in Japan

組版 萩原印刷

駅に泊まろう！ コテージひらふの雪師走　豊田 巧
隠蔽人類　鳥飼否宇
逃げる　永井するみ
にらみ　長岡弘樹
ニュータウンクロニクル　中澤日菜子
月夜に溺れる　長沢 樹
ロンドン狂瀾(上・下)　中路啓太
万次郎茶屋　中島たい子
ぼくは落ち着きがない　長嶋 有
霧島から来た刑事　永瀬隼介
海の上の美容室　仲野ワタリ
SCIS 科学犯罪捜査班　中村 啓
SCIS 科学犯罪捜査班Ⅱ　中村 啓
SCIS 科学犯罪捜査班Ⅲ　中村 啓
SCIS 科学犯罪捜査班Ⅳ　中村 啓
SCIS 科学犯罪捜査班Ⅴ　中村 啓
スタート！　中山七里

秋山善吉工務店　中山七里
能面検事　中山七里
蒸発 新装版　夏樹静子
Wの悲劇 新装版　夏樹静子
誰知らぬ殺意　夏樹静子
いえない時間　夏樹静子
雨に消えて　夏樹静子
すずらん通り ベルサイユ書房　七尾与史
すずらん通り ベルサイユ書房 リターンズ！　七尾与史
東京すみっこごはん　成田名璃子
東京すみっこごはん 雷親父とオムライス　成田名璃子
東京すみっこごはん 親子丼に愛を込めて　成田名璃子
東京すみっこごはん 楓の味噌汁　成田名璃子
東京すみっこごはん レシピノートは永遠に　成田名璃子
血に慄えて瞑れ　鳴海 章
アロの銃弾　鳴海 章
体制の犬たち　鳴海 章

光文社文庫　好評既刊

帰郷　新津きよみ
父娘の絆　新津きよみ
誰かのぬくもり　新津きよみ
彼女たちの事情　決定版　新津きよみ
ただいまつもとの事件簿　新津きよみ
死の花の咲く家　仁木悦子
しずく　西加奈子
さよならは明日の約束　西澤保彦
寝台特急殺人事件　西村京太郎
終着駅殺人事件　西村京太郎
夜間飛行殺人事件　西村京太郎
夜行列車殺人事件　西村京太郎
北帰行殺人事件　西村京太郎
日本一周「旅号」殺人事件　西村京太郎
東北新幹線殺人事件　西村京太郎
京都感情旅行殺人事件　西村京太郎
つばさ111号の殺人　西村京太郎

知多半島殺人事件　西村京太郎
富士急行の女性客　西村京太郎
京都嵐電殺人事件　西村京太郎
十津川警部　帰郷・会津若松　西村京太郎
特急ワイドビューひだに乗り損ねた男　西村京太郎
祭りの果て、郡上八幡　西村京太郎
十津川警部　姫路・千姫殺人事件　西村京太郎
風の殺意・おわら風の盆　西村京太郎
マンション殺人　西村京太郎
十津川警部「荒城の月」殺人事件　西村京太郎
新・東京駅殺人事件　西村京太郎
祭ジャック・京都祇園祭　西村京太郎
消えた乗組員　新装版　西村京太郎
十津川警部「悪夢」通勤快速の罠　西村京太郎
「ななつ星」一〇〇五番目の乗客　西村京太郎
消えたタンカー　新装版　西村京太郎
十津川警部　幻想の信州上田　西村京太郎